KB075947

우리는 책의 파도에 몸을 맡긴 채

우리는 책의 파도에
몸을 맡긴 채

속초 동아서점 김영건 에세이

어크로스

속초에서 보내는 편지

"서점 이야기도 썼고, 속초에 대한 책도 썼으니, 이번에는 책 읽은 이야기를 들려주시면 어떨까요?"

2년 전 겨울 한 편집자로부터 연락을 받았습니다. 속초에서 서점을 운영하는 사람의 책 읽기에 대해 써보면 어떻겠냐는 제 안이었죠. 그때도 저는 서점에서 일하던 중이었습니다. 손님에 게 책을 찾아 드렸고, 옆면에 과일 이름이 적힌 상자를 풀어 책 을 꺼냈고, 몇 차례 전화도 받았을 거예요. 뜻밖의 제안에 들뜬 마음을 누릴 경황도 없이, 일을 하느라 더듬더듬 답변을 써 내려 갔던 기억이 또렷합니다.

서점에서, 그리고 소셜 미디어에서 꾸준히 책을 소개해왔고,

드문드문 신문이나 여러 매체에 서평을 기고한 적 있었기에, 이 참에 그간 읽은 책들을 글로 정리해보자는 생각이었습니다. 손 님이 서점에 없는 책을 주문하면 덩달아 읽고 싶어 두 권을 주문하고, 그날의 매출이 목표치에 이르지 못하면 얼른 읽고 싶은 책을 골라 계산하고 나서야 문을 닫는 사람. 다시 말해 서점 주인이기 이전에 한 명의 독자라는 신분증이 저로 하여금 일말의 머뭇거림 없이 집필을 시작하도록 만들어주었을 거예요.

저의 생활은 좁은 반경 안에서 이뤄집니다. 하루 12시간, 주 6일이라는 근무 시간. 출간되는 모든 분야의 책을 다루는 종합서점이라는 공간. 들려드릴 진귀한 경험담이 없고, 하루하루 문을 열고 닫는 저라는 사람이 선택한 글쓰기는 다름 아닌 제가 속한 풍경을 더 골똘히 바라보는 것이었어요. 서점에 오는 사람들을 바라보았고, 그들이 책에 대해 하는 말들을 귀 기울여 들었습니다. 저와 함께 서점을 꾸려가는 제 가족의 하루하루를 바라보았고, 가족이 제게 건네는 말들을 곱씹었고요. 그들은 제게 유일한 세상이 되어주었습니다. 그러는 동안 읽은 책들은 그 작고 오밀조밀한 저의 세상을 어떻게 지켜나갈 것인지, 두려움과 용기를 동시에 안겨주었지요.

이 책은 서점 주인이자 30대 중반을 갓 넘긴 한 사람의 독서
생활문입니다. 맞아요. 저는 서평이 아니라 독서생활문이라고
부릅니다. 제가 읽은 책에 관한 이야기를 다른 사람에게도 조금
이나마 읽어볼 만한 가치 있는 것으로 만들기 위해, 저는 책 읽
기의 비커 속에 저의 생활을 용해했어요. 어떤 책은 서점을 운영
하는 사람으로서 눈앞의 일을 더 잘하고 싶어서 읽었고, 어떤 책
은 더 나은 아빠이자 더 좋은 남편이 되고 싶어 읽었지요. 그런
연유로 여기 모인 독서생활문에는 하루하루의 발랄한 기지개보
다, 일터에서의 고민과 삶에서 마주한 곤궁, 내면의 성장을 향한
집념 같은 것이 주로 담기게 되었습니다.

고리타분하게도 저는 제가 읽은 책들이 진정으로 삶에 유용하
다고 믿고 있습니다. 이런 시대에 책을 두고 '유용' 운운한다는
게 무슨 의미인지 모르지 않아요. 하나 저는 삶의 거의 모든 부분
에서 도움을 받기 위해 책을 읽었습니다. 저 스스로의 문제를 해
결하고 싶을 때에도, 서점에 드나드는 많은 사람과 소통하고 그
들을 이해하는 데 있어서도 언제나 책을 필요로 했지요. 그러므
로 이 책은 무엇보다도 책의 유용성에 대한 보고서이기도 합니
다. 책이 한 사람에게 얼마나 깊이 영향을 미칠 수 있는지에 대한

어느 서점 주인의 자가 실험 보고서지요. 제 실험이 당신으로 하여금 어떤 책이든 펼쳐보고 싶게 만든다면, 가까운 서점으로 발걸음을 재촉하게 한다면, 저는 더할 나위 없이 기쁠 겁니다.

책을 기획하고 제안해주신 어크로스와, 긴 시간 동안 따뜻한 격려와 조언으로 저를 이끌어주신 어크로스의 최윤경 편집장님에게 감사드립니다. 책을 쓰는 내내 각자의 자리에서 저를 지탱해준 사랑하는 가족, 아버지와 어머니, 딸과 아내에게 입맞춤을 보냅니다. 책의 곳곳에 등장하는 서점의 손님들, 저를 어엿한 풍경의 일부로 존재할 수 있게 해준 그분들에게 고개 숙여 고마움을 전합니다.

저는 오늘도 서가 앞에 서서 한참을 망설이며 책을 꽂습니다. 책의 파도에 휩싸여 어쩔 줄 모른 채로, 언젠가 저처럼 놀랄 당신을 상상하면서요.

2022년, 봄과 여름 사이
김영건

차례

3

책들이여, 맡기신 분들을 찾아 가세요

사람의 풍경, 서점의 초상

밤의 서점에서

    밤 아홉 시. 서점의 마감 시간이 다가오면 분주해진다. 그날 팔린 책들을 살펴보며 주문서를 작성하고, 흐트러진 책을 정돈한다. 에어컨을 끄고, 화장실을 청소하고, 금전함을 정리한다. 영업을 마칠 모든 준비가 끝나면 조명을 끌 차례. 조명은 다 꺼지지 않는다. 카운터 내 자리 위 조명 하나, 매장 복도 쪽의 조명 하나는 켜진 채로 둔다. 그러고 나면 불이 환한 것도 아니고, 완전히 다 꺼진 것도 아닌 수상한 서점이 된다. 문은 잠겨 있지만 음악은 여전히 흐르는 모호한 서점이 된다. 나는 퇴근하지 않고 가게에 남아 있는 기묘한 주인이 된다. 밤의 서점이 시작되는 것이다.

    퇴근 시간이 다가오면 집에 갈 채비를 하는 사람들. 짧은 기간 회사에 다녔던 동안 나도 그랬던 것 같다. 5분 간격으로 무슨 중

대한 일의 희비가 결정되는 것도 아니었는데, 퇴근 시간에 늦을세라 짐을 챙겨 후다닥 지하철역으로 뛰어 들어가곤 했다. 7년 전 서점 일을 시작했을 때는 처음이라 잔업이 많아 일찍 퇴근하지 못하는 건 줄로만 알았다. 책을 분류해 배가配架(책을 서가에 배열하는 것)하는 일이 끝나면, 주문서 쓰는 일이 손에 익으면, 이번 납품 건까지만 마치고 나면… 시간이 흘러 그 모든 조건부의 항목들이 지워지고 나면 내게도 다른 사람들처럼 흥분과 피로가 뒤섞인 평범한 퇴근길이 찾아오리라 생각했다.

일에 익숙해진 이후로도 크고 작은 잔업들이 계속해 있어왔지만, 그게 내가 서점에 남는 까닭의 전부인 건 아니었다. 급히 마감해야 할 일이 없을 때의 나는 서점의 느긋한 손님이 되어 있었다. 서가를 천천히 둘러보며 읽고 싶었던 책을 들춰보기도 했고, 매장 구석에 서서 그날 단골손님에게 추천받은 책을 읽기도 했다. 친구 한 명 제대로 만날 수 없는 자영업자의 처지가 유난히 쓸쓸한 날엔 누구의 눈치 볼 것도 없이 제멋대로 굴기도 했다. 서점에서라면 도무지 상상할 수 없는 시끄러운 음악을 틀거나 냉장고에서 맥주를 꺼내 마시기도 했고, 읽는 사람이 누구인지도 모를 글을 끄적이기도 했다. 나는 일이 없어도 퇴근을 뭉그

적거렸다.

'마크 와트니', 화성의 모래언덕 위에 남겨진 한 사람. 앤디 위어의 소설 《마션》에 등장하는 주인공 이름이다. 식물학자이자 기계공학자인 마크는 나사NASA 소속 '아레스 3 탐사대'의 일원이었는데, 화성 탐사 중에 모래 폭풍을 만나 홀로 그곳에 남겨진 신세가 되었다. 화성 시간으로 6일째 되던 날 겨우 정신을 차린 그는 먼 훗날 누군가에게 발견될지도 모를 화성 일지를 쓰기 시작했다.

모래언덕 위 거주용 막사에는 기껏해야 400일 정도 버틸 수 있는 식량이 남아 있었다. 통신은 두절되었고, 4년 뒤에 다음 탐사대가 예정되어 있다는 걸 고려하면 남은 1000일가량 낯선 행성에서 살아남아야 했다. 잘 수 있는 침대가 있었고 동료 대원들의 우주복이 넉넉히 남아 있었으니, 그에게 필요한 건 오로지 1000일을 버티게 해줄 칼로리. 그는 작물 재배, 다시 말해 농사를 짓기로 했다. 문제는 그가 가져온 식물 종자라곤 잔디와 이끼가 전부였다는 것. 그는 식량을 전부 뒤져 무엇이든 심을 수 있는 것을 찾으려 했고, 마침내 거기서 감자 몇 알을 찾아냈다. 그날부터 그는 감자를 심고 재배하는 일에 사활을 걸었다. 첨단 기술이 집약된 92제곱미터의 기지는 온통 화성의 흙과 (주인공의) 배설물로 뒤덮인 '밭'이 되어갔고, 우리의 우주 비행사는 점차 '농부' 마크 와트니로 변해갔다. 화성에서의 임무 같은 건 중요하지 않았다. 그는 살아남아야 했고, 그렇기에 중요한 건 어떻게든 먹을 수 있는 감자를 재배하는 일이었다.

밤의 서점에 홀로 남은 날이면, 우주선 안에서 심혈을 기울여 감자를 키우던 마크의 외로움이 내게도 밀려오는 듯했다. 나 자신의 의지와 무관하게 외딴곳에 고립된 것은 아니었다. 마음만 먹으면 불을 다 끄거나 문을 잠글 수 있고, 내겐 돌아갈 아늑한 집도 있다. 이런 시대에 종이책을 판매하며 가게를 꾸려가는 일을 화성에서의 생존에까지 견주며 비장한 듯 고개를 주억거리고 싶지도 않다. 그저 우주선이 밭이 되듯, 서점도 나만의 작업실로 변신하는 것이다. 감자를 키우기 위해 허리가 휘도록 흙을 나르고, 위험을 무릅쓴 채 수소와 산소를 결합해 물을 만드는 마크처럼, 나 역시 어떤 절실함에 떠밀려 늦은 밤까지 여기에 남아 있는 것이다.

불 꺼진 서점에서 홀로 보내는 시간이 한 해 두 해 거듭되는 동안 내게도 변화가 생겼다. 지금의 아내를 만나 결혼을 했고 아이가 태어났다. 두세 살 무렵 아이는 마음껏 뛰어놀 수 없는 서점을 울분으로 견뎌야만 했다. 체념인지 수긍인지, 올해 여섯 살이 된 아이는 밤의 서점이 도래하기만을 침착하게 기다린다. 시곗바늘의 움직임을 이해하게 된 녀석은 지그시 내 눈을 바라본다. "아빠. 이제 마감할 시간 됐지?" "아빠. 그런데 주문서는 다 썼어?" 밤의 서점에서 우리는 큰 소리로 신나게 떠들고, 맨발로 뛰어다니고, 술래잡기와 숨바꼭질을 한다. 밤이 찾아오면 서점엔 아이를 위한 새로운 막이 오른다. 까다로운 규칙들에 구애받지 않고, 엄마 아빠가 오로지 자기만을 바라봐주는 자유로운 무대의 커튼이 걷힌다.

이런 글을 쓰는 순간엔 어김없이 밤의 서점에서 혼자다. 영업시간은 이미 한참 지났고, 캄캄한 서점 속 카운터 안의 내 자리만 환히 밝혀져 있다. 바깥은 검고 고요하며, 띄엄띄엄 자동차만이 지나갈 뿐이다. 어쩌다 거리를 지나가는 사람들은 저마다의 비밀을 짊어진 듯 어둠 속을 걸어가고 있다. 스피커의 볼륨을 높이고 전기 주전자에 물을 끓인다. 오늘 밤 나는 어떤 이야기를 해야 하기에 화성의 밤을 견디고 있는 걸까. 이야기는 주어진 밤에 헌신함으로써 끝맺어질 것이다. 그러므로 밤의 서점에서 태어난 이 글은 감자다.

《마션》, 앤디 위어, 알에이치코리아

서점이 뭔데요

    서점 일을 시작한 지 햇수로 8년에 접어들었다. 그 숫자는 내게 달콤한 미래를 속삭여주거나 엄지손가락을 치켜들며 칭찬하기보다는 메마른 얼굴로 또박또박 말해주는 듯하다. 좋은 일도 많았지만 힘든 일도 많았다고. 좋은 일들은 나와 우리 서점을 지금 여기까지 데려와준 은인일 텐데, 힘든 일은 무엇일까. 쌓인 세월 앞에 고개 숙이고 싶지 않아서 짐짓 엄숙한 표정을 짓고 힘들었던 일들을 머릿속에 그려본다. 어느 달엔 손님이 적어 매출이 변변치 않다며 한숨을 날숨처럼 쉬던 일. 천재지변이나 바이러스처럼 인간의 힘으로 대비할 수도 대처할 수도 없어 다만 시간이 흘러가주기만을 기다리던 일. 그리고 정말 가끔씩은, 서점 주인으로서 누군가의 마음에 상처를 주었다는 사실에, 몇날 며칠 머리카락을 움켜잡고 자책하던 일도 떠오른다.

어느 여름날의 일이었다. 초등학생으로 보이는 한 남자아이가 어머니의 손을 잡고 서점으로 들어왔다. 여느 때와 같이 "어서 오세요" 하며 인사를 건넸는데 내 목소리가 작았는지 그들은 아무런 대답 없이, 얼마간 주위를 경계하는 태도로 서점 안쪽으로 성큼성큼 걸어갔다. 손님으로부터 돌아오는 인사를 받는 일이 드물고 귀하다는 걸 모르지 않아서 그러려니 했지만, 잠시 아이를 바라보다 어딘가 묘한 구석이 있음을 알게 되었다.

아이는 좀처럼 알아듣기 힘든 혼잣말을 되뇌며 서가 구석구석을 누비는 것이었다. 그 말을 귀 기울여 들어보려고 했는데, 자신이 찾는 만화책에 대한 얘기이기도 했고, 타인은 알아듣기 힘든 사사로운 이야기들이기도 했다. 아이는 어린이 책이 있는 서가에만 머무르지 않고 소설이나 에세이, 역사, 취미, 말하자면 서점 안의 모든 서가를 돌아다니며 책을 들었다 놨다, 뽑았다 꽂았다 반복했다. 그러는 동안 내 마음도 주전자에서 수증기가 올라오듯 어떤 조치의 시점이 임박했다는 경고음처럼 심장이 쿵쾅거리기 시작했다.

아이가 어느 정도 말하다 제풀에 지쳐 잠잠해지기를 바랐지만, 상황은 도리어 반대로 흘러갔다. 아이가 다른 손님들, 그러니까 모르는 사람들에게 말을 걸기 시작한 것이다. 당황한 나는 아이로부터 2~3미터가량 떨어진 지척에서 만일의 상황을 대비하며 지켜보았는데, 어슴푸레 들려오는 소리로 짐작하건대 자기가 좋아하는 만화책에 대한 얘기가 주를 이루는 듯했다. 사실상 위협이 되거나 이렇다 할 불쾌감을 주는 일은 없는 것처럼 보였다. 다만 아이를 마주한 손님들이 나만큼이나 당황한 기색이 완연했다. 그중 한 분은 내게 다가와, 아이가 자기 옆에서 뭐라고 말하고 있어서, (아이를 비롯한 이 모든 상황이) 조금 걱정된다고 했다. 도무지 안 되겠다 싶어 나는 아이 어머니에게 다가갔다.

"어머니. 아이가 서점에 있는 동안엔 아이 옆에 항상 계셔주셔야 할 것 같습니다."

예의를 갖춰서, 가능한 한 합리적으로 보이기 위해, 그와 동시에 이 상황에 필요한 '조치'를 취하기 위해 내가 지어낸 단어의 조합은 이거였다. 조금도 납득되지 않는 듯한 낯빛의 어머니 앞에서 나는 기어코 한마디를 더 보탰다.

"아이가 돌아다니며 다른 손님들을 불편하게 하고 있어서요. 옆에서 지켜봐주셔야 할 것 같습니다."

그렇다. 나는 정말로 '불편하게'라고 말했다. 그 단어가 본래의 의미 이상의, 뒤따라올 조치를 요구하는 일종의 강압적인 언어라는 것을 모르지 않았다. 나는 그 뜻을 알고 그렇게 말했다. 돌아온 어머니의 대답은 내가 예상했던 것과 달랐다.

"서점이 뭔데요."

나는 정전이 일어난 것처럼 어리둥절해져 그만 아무 말도 잇지 못했다. 속으로 같은 문장을 곱씹을 뿐이었다. 글쎄, 서점이란 정말 무엇일까.

"서점이 뭔데요. 아이가 편하게 있도록 내버려두세요."

결국 어머니는 아이 손을 잡고 서점을 떠났다.

그들이 떠난 이후, 자주 그들 생각에 잠겼다. 어떤 손님이 나와의 다툼으로 인해 서점을 떠났다는 사실만큼이나, 그가 내가 내뱉은 것과 같은 무심한 말들이 만들어낸 벽에 수없이 부딪혀왔을 거라는 확신이 나를 자책하게 만들었다. 아내는 어쩔 수 없는 일이었다며 내 어깨를 쓰다듬었지만, 드리워진 그늘 위로 굳이 장막 하나를 더 친 것처럼, 한 아이와 엄마에게 또 한 명의 가해자가 되었다는 생각을 떨쳐낼 수 없었다.

조던 스콧이 쓰고 시드니 스미스가 그린 그림책《나는 강물처럼 말해요》는 말 더듬는 한 아이에 대한 이야기다. 아이는 다른 친구들처럼 유창하게 말하지 못하는 자신이 답답하고 화가 난다. 학교에서 발표를 망치고 귀가한 어느 날, 아버지는 아이를 강가에 데려가 강물을 보여주며 말한다. "너도 저 강물처럼 말한단다." 강물의 움직임을 느끼며 아이는 깨닫는다. 그저 한 방향으로 흐르는 줄만 알았던 강물도 소용돌이 치고, 굽이치고, 때로는 더듬거리며 흘러간다는 사실을. 아이는 자신의 모습을 있는 그대로 수긍하고, 그 모습 그대로 살아가기로 한다.

　그 아이도 자신이 강물처럼 말한다는 것을 알까. 거짓말처럼 모자母子는 다시 서점에 왔다. 달라진 점도 있었다. 아이는 아무에게도 말을 걸지 않았고, 서점 안을 여기저기 돌아다니지도 않았다. 어린이 책장 한편에 앉아 조용히 무슨 말을 웅얼거리며 책을 골랐고, 카운터에 와서 계산을 하고 나갔다. 어머니의 손을 잡은 채로. 그들은 여러 번 다시 왔지만, 나는 아이에게도 어머니에게도 끝내 다시 와줘서 고맙다는 말을 건네지 못했다. 내가 읽은 책을 건네며 너도 강물처럼 말하는 거라고 이야기해주지도 못했다. 그저 어머니의 손을 놓지 않는 아이의 손을 볼 때마다 내게 묻는다. 서점이 뭔데. 그래서 대체 한 아이에게 서점이 무엇이고, 서점이 무엇이어야 하는데. 아이가 다 자라기 전에, 너무 오랜 시간이 걸리기 전에 나는 그 질문에 대답해야 할 것이다.

《나는 강물처럼 말해요》, 조던 스콧 글, 시드니 스미스 그림, 책읽는곰

눈길 위에서 휘청이며 걷던 사람은

　12월 속초에 이례적인 폭설이 내렸다. 대개는 1월 말이나 2월은 되어야 눈 구경을 할 수 있고, 족히 3월쯤 되면 함박눈이라고 부를 만한 두툼한 눈송이를 만날 수 있다. 설상가상 기온까지 영하 10도를 오르내리는 탓에 잠깐만 걸어도 냉기에 코끝이 베이는 듯한 아찔한 추위였다. 어떤 절박한 사연이 아니고서는 누군가 책을 사러 이 눈길을 헤치고 온다는 건 불가능해 보였다. 문을 연 지 얼마 되지 않은 아침, 한 할머니가 낡은 외투에 묻은 눈을 털며 들어왔다. 누군가와 통화 중이었기 때문에 길을 묻거나 화장실에 들르러 오신 거라고 짐작했다. 할머니는 내게 휴대전화를 내밀며 말했다. "내 아들인데, 애가 이야기하는 책 좀 찾아줘."

　수화기 너머의 아들은 생소한 업무를 떠맡은 사람처럼, 내게 교양서나 소설 중에 인기 있는 책 몇 권을 골라달라고 했다. 통화를 마치고 다시 할머니에게 휴대전화를 돌려드렸다. 이제 책을 고르러 서가로 가볼 참이었다. 엿들으려는 마음은 없었는데 이어지는 대화 내용이 들렸다. "네가 필요한 거 다 말씀드려. 엄마가 다 보내줄게." 나도 누군가의 아들이었기에 그 뜻을 알 수 있는 말들이었다. 얼른 책을 골라야 했는데 자꾸만 할머니의 목소리가 귓속을 파고들었다. 안부를 묻고 답하는 대화가 계속됐다. "어디 아픈 데는 없어? 눈 왔냐고? 응, 여기는 눈 많이 왔지. 길에 눈이 많이 쌓여서 치우느라고 온통 난리도 아니야. 엄마? 엄마는 걸어서 왔지. 응, 그럼. 괜찮아. 가까워서 운동 삼아 걸어서 온 거야."

책 네 권을 골라 할머니에게 보여드렸다. 본인은 글을 읽지 못하니 그냥 그대로 계산해서 택배로 보내달라고 하셨다. 내가 귀 기울이고 있던 걸 아셨을까. 책을 포장하는 내 옆에서 할머니의 나긋한 목소리가 이어졌다. 올해 마흔이 된 아들은 다른 지방에서 공무원으로 일하고 있다고 했다. 어릴 때 아버지가 세상을 떠나서 참 불쌍하게 컸다고, 값이 얼마가 나오든 아들이 원하는 책을 꼭 보내줘야 마음이 편하겠다고. 할머니는 내게 잘 부탁한다며 연신 인사를 건넨 뒤 서점을 떠났다. 창 너머 온통 새하얗게 뒤덮인 눈길 위에서, 길을 건너려고 하염없이 기다리는 할머니가 보였다. 서점 앞 도로는 바닥이 얼어붙어 위험하니 다른 길을 알려드렸다. 할머니는 눈길을 휘청휘청 걸으며 천천히 시야에서 멀어졌다.

겨울이 오면 책을 선물하는 손님들이 많다. 친구에게, 연인에게, 반려자에게, 스승에게 마음을 전하려고 고른 책들. 나는 하루에도 수차례 책을 포장한다. 종이로 한 겹 옷을 입힌 뒤에 정성스레 리본을 묶어 마무리한다. 고른 사람도, 받을 사람도 모두 제각각인 손님들 중에서 유독 내 마음을 사로잡는 부류는 자녀에게 책을 선물하는 부모님들이다. 특히 어린아이가 아닌, 다 자란 성인이 된 자식을 위해 책을 고르는 부모님들에게서 선물의 일상성을 넘어선 각별한 의지를 느낀다. 눈발을 헤치고서라도, 길을 헤매더라도 책을 골라야 하는 사람들. 수많은 아름답고도 실용적인 선물들과 비교하면 한 권의 책이 지닌 선물로서의 가치란 턱없이 초라할 텐데. 용돈도 아니고 향수도 구두도 아닌, 왜 굳이 책이어야 할까. 다른 선물은 좀처럼 담을 수 없는 무언가, 오직 책만이 운반할 수 있는 어떤 고귀한 메시지가 있기 때문일까.

한번은 중년의 여자 손님이 자기 아들에게 줄 책을 골라달라고 했다. 아들이 몇 살쯤 되었는지 묻자 그는 울먹거리기 시작했다. 아들이 교도소에 수감되어 있다는 말을 더듬거리면서. 마음에 위로를 주거나 인생에 도움이 될 만한 좋은 책을 골라달라고 했다. 나는 자신 없이 고른 책 몇 권을 권해드렸다. 어두운 방에 있는 자식을 위해 책을 사려는 부모의 마음도, 내가 고른 책이 진정으로 그이에게 위로나 도움이 되리라는 가능성도, 그 순간 모두 내겐 까마득할 뿐이었다. 리본을 묶으며 올려다본 어머니 눈가의 눈물은 거의 말라 있었고, 이 책이 아들에게 전해질 때쯤이면 무엇이라도 조금은 나아져 있을까… 무책임한 바람을 품고 인사를 건넸다.

　눈이 내린다
　내가 할 수 있는 것이 없다
　(…)
　저녁 정원을
　막대를 들고 다닌다
　도우려고.
　그저

막대로 두드려주거나

가지 끝을 당겨준다.

사과나무가 휘어졌다가 돌아와 설 때는

온몸에 눈을 맞는다　　　　－p43, 〈어린 나무의 눈을 털어주다〉

　눈 내린 날의 정경을 '어린 나무의 눈을 털어주다'라고 노래한 시인은 올라브 하우게가 유일했고, 앞으로도 유일할 것이다. 단순하고 명료한 말인데도 인간의 마음으로는 쉬 닿을 수 없는 섬세함의 극치가 느껴진다. 그는 눈 내린 정원을 바라보다 어떻게 할지 고민한다. 내리는 눈에 대고 화를 낼지, 아니면 어린 나무를 감싸 안고 대신 눈을 맞아줄지. 그러다 막대 하나를 들고 다니기로 한다. 정원을 돌아다니며 어린 나뭇가지에 덮인 눈을 살며시 두드려 털어준다.

　부모에게 자식이란 언제나 '어린 나무'이므로, 다 자란 자식에게 책을 선물하려는 부모 또한 막대 하나를 들고 서점에 들어오는 셈이다. 단지 돕기 위해서. 자신의 '어린 나무' 위에 너무 많은 눈이 쌓이지 않기를. 자신의 '어린 나무'가 세상의 무게를 견디지 못하고 그만 부러지거나 꺾이기 전에, 어깨에 짊어진 눈덩이

를 조심스레 털어주기 위해서. 자신의 온몸으로 쏟아지는 눈 따위는 아랑곳하지도 않은 채.

　눈 내린 속초에서 보낸 할머니의 책 선물을 받은 아들이 알 수 있을까. 이 책을 보내기 위해 그의 어머니가 새하얗게 얼어붙은 눈길 위에서 천천히, 휘청이며 걸었다는 사실을. 또 언젠가 할아버지가 보낸 책 선물을 받은 대학생 손주는 알았을까. 그가 필요하다고 말했던 책들을 제목과 작가, 출판사와 출판 연도까지 반듯하게 적어온 할아버지의 쪽지를. 그 사랑의 목격자로서 어떻게든 알리고 싶은 마음이지만, 내가 할 수 있는 일 또한 많지 않다. 달콤한 사탕 몇 개를 종이로 돌돌 말아 상자 안에 동봉하거나, 허브 티백을 책 포장 안에 슬그머니 넣는 것밖에는. 부모를 대신해 책을 고르는 순간만큼은, 그렇게 고른 책을 포장하는 잠깐 동안엔 내 손등 위에도 눈송이 한 움큼 쌓여 있다.

《어린 나무의 눈을 털어주다》, 올라브 하우게, 봄날의책

시그니처 북

'서점 주인'이라고 하면 촌스럽다고 여겨질 만큼 책방 운영자를 부르는 말이 다양하다. 북 큐레이터curator라는 호칭은 그나마 흔히 쓰이는 편이고, 독자의 취향에 맞게 서비스를 제공한다는 의미의 북 컨시어지concierge, 사람과 책을 연결한다는 취지의 북 커넥터connector, 심지어 북 소믈리에sommelier라는 직함도 간간이 눈에 띈다. 외국어 작명이 대세라면 '데이터 수집인'은 어떨까. 시시각각 출간되는 책들이 분야나 판매 순위에 따라 머릿속에 정렬되는 것으로 시작해, 손님마다 구입한 책의 목록이 (원하든 원치 않든) 기억 속에 강제로 수집된다는 뜻에서. 자신의 특출함을 뽐내거나 과장하는 말처럼 느껴지지 않으면서도, 노동량에 비례해 고스란히 데이터가 적립된다는 점이 정직해서 좋다. 아무도 쓰지 않을 호칭이지만 내 마음엔 쏙 드는 말이다.

칼 구스타프 융 연구소가 설립 70주년을 맞이해 그동안 아카이브에 보관해온 융의 환자들 그림을 엄선해 책으로 엮었다. 제목은 《내면의 그림》(뮤진트리, 2021). 내 머릿속 정보 창고에서 융의 책이라면 족히 서른 권은 구입한 손님이 있다고 신호를 보내온다. 그 후 어느 날엔가 '융 손님'이 오셨을 때 보관해둔 《내면의 그림》을 슬쩍 꺼내 보여드렸다. "이런 책이 나왔더라고요." 그의 눈동자가 순간 번뜩이더니 곧이어 방긋한 미소가 떠올랐다. '데이터 수집인'으로서의 직무 수행은 손님의 취향을 반영해 책을 추천하는 데에만 그치지 않고, 책을 추천하지 않는 일까지도 맡는다. 대개 구입한 적이 있는 책을 또 골랐을 때 말씀드리곤 하는데("그런데 이 책은 전에 사셨는데, 또 구입하시는 거예요?"), 그럴 때면 손님의 얼굴에는 경악한 기색이 또렷하다("아니, 제가 샀던 책을 찾아보지도 않고 어떻게 다 알고 계세요?").

한편, 축적된 데이터는 때때로 그 사람을 상징하는 책을 만들어내곤 한다. 나는 그것을 '시그니처 북Signature Book'이라고 부른다. 그 사람 하면 떠오르는 책, 누군가 이름의 자리를 대신한 책을 나 혼자서만 일컫는 말이다. 어떤 요리사의 가장 유명하고 고유한 메뉴를 '시그니처 디시Signature Dish'라고 하는 것처럼, 어떤 스포츠 선수 이름을 들으면 떠오르는 상징적인 플레이를 '시그니처 무브Signature Move'라고 하는 것처럼, 손님이 골랐던 책의 제목이 어떤 이유로든 그의 이름보다 먼저 떠오른다면, 그 책이 바로 나만 아는 손님의 '시그니처 북'인 셈이다.

잡지를 정기적으로 구입하러 오는 손님들에겐 어김없이 '시그니처 북'이 배정된다. 거의 매주 〈씨네 21〉을 사는 안경 쓴 남자 손님은 '씨네 21 손님', 한 달에 한 번 EBS에서 방송하는 어학 교재 〈이지 잉글리시〉를 찾는 할머니는 '이지 잉글리시 손님'. 이른 시각, 야구 모자를 쓴 까무잡잡한 중년 남자가 서점을 향해 성큼성큼 걸어온다. 그의 머리 위에 적힌 글자는 오직 내게만 보일 것이다. '건강과 근육 손님'. 아침 인사를 건네는 동시에 재빨리 잡지 칸에서 〈건강과 근육〉 재고를 확인한다.

일정한 주기를 지닌 잡지와는 다르게 '시리즈'는 불규칙적인 반복에 의해 만들어지는 '시그니처 북'이다. 2, 3이나 4, 5 정도의 가뿐한 숫자로 완결된다면 애초에 몽땅 구입하는 손님들도 있지만, 숫자가 10을 넘거나 아예 20, 30권까지라면 단번에 결심하기엔 엄두를 내기 힘든 노릇이다. 지금껏 가장 빈번히 마주친 시리즈를 꼽으라면 단연코 장편 판타지《묵향》과 대하소설 《토지》. '묵향 손님'과 '토지 손님'은 장르의 거리만큼이나 차이를 보이는데, 단거리 경주와 마라톤에 비유할 수 있겠다. '묵향 손님'은 일단 불이 붙으면 매일매일 오는 데 반해, '토지 손님'은 짧게는 이틀, 길게는 일주일 정도의 틈을 두고 천천히 방문한다. 그래서인지 '토지 손님'은 바라보는 나로 하여금 까닭 모를 절박한 심정을 갖게 한다. 방문 간격이 벌어지면 오랜만에 만난 친구처럼 반갑기도 하고, 숫자가 10을 넘어가고 나면 어느새 마음속으로 꼭 완주하기를 응원하게 되는 것이다.

"저기… 지난번에 구입한 책의 안쪽이 조금 잘못되어 있어서요."

한 손님이 다가와 말했다. 일전에 구입한 책이 제본 불량으로 페이지가 중간 중간 증발되어 있다고 했다. 구매 내역을 살펴보니 가장 최근 책으로《82년생 김지영》이 있었다. 다음 번 방문 때 가져오시면 교환해드리기로 했다. 몇 주쯤 지나 다시 온 손님을 보고 준비해둔 책을 꺼냈는데, 그는 민망한 듯 웃으며 깜빡하고 책을 가져오지 못했다고 했다. 그 다음번에도, 그다음의 다음번에도. 손님은 계속해 책을 데려오는 일을 깜빡했다! 어느새 손님을 향한 나의 인사는 책 제목으로 대체되어 있었다. 사람 이름으로 지어진 제목이라 더 입에 붙었는지도 모르겠다. "혹시… '82년생 김지영'…?" 곡절 끝에 《82년생 김지영》의 교환이 모두 성사된 지금에도, 이따금 그 손님을 마주하기라도 하면 어떤 말보다도 먼저 '김지영'이라는 석 자를 떠올리게 된다. '시그니처 북'이 꼭 그 사람의 독서 정체성과 직결되는 건 아닌가 보다.

내가 손님을 보며 특정한 책을 떠올리듯, 반대로 손님이 나를 보고 연상하는 '시그니처 북'이 있을까. 내게 선정의 기회가 주어진다면, 마르그리트 뒤라스의 《이게 다예요》를 꼽겠다. 맥없는 눈동자에, 들릴 듯 말 듯한 목소리로 건네는 가녀린 말이 영락없는 내 모습 같아서다. 찾는 책이 열에 아홉 없는 단골손님 앞에서 멋쩍게 웃을 때도, 서가에 진열된 책 말고 새 책을 요청하는 손님에게 가진 건 한 권뿐이라고 고개를 숙일 때도, 주눅 든 내 마음은 "이게 다예요…" 하고 웅얼거렸던 것만 같다. 표지는 눈밭 같은 백지 위에 적힌 다섯 글자 제목이 전부이지만, 책장을 펼치면 생의 가장자리에 선 작가가 자신의 연인에게 바치는 격렬한 사랑의 전언들로 가득한 책. 그 겉면과 속살의 간극마저도 과연 나를 말해주는 것만 같다. 한동안 안부가 궁금하던 손님을 줄곧 기다렸는데도 막상 그를 마주하고 나면, 할 말을 한가득 머금고도 그저 잘 지냈냐는 짧막한 인사말이 전부였다. 내 안의 수많은 말들은 어째서 성대를 통과하고 나면 늘 짧은 한마디만 남는 걸까? '이게 다예요'라는 이름의 단속원이 벼르고 있기라도 한 것처럼.

《이게 다예요》, 마르그리트 뒤라스, 문학동네

당신의 아름다운 세탁소

속초 관광수산시장 골목 한쪽에 자리한 작은 세탁소. 부모님도 젊었을 때부터 다니셨던 오래된 세탁소다. 처음 그곳을 방문한 날 겨울 내내 입었던 코트를 들고 낡은 문을 열었는데, 세제와 각종 약품이 뒤섞인 익숙한 세탁소 냄새가 풍겨 나왔고, 세로로 좁다란 통로 구조의 가게 안에는 예순을 막 넘긴 듯한 초로의 부부가 나를 맞아주었다. 동네 세탁소 어디에서나 볼 수 있는 풍경이었다.

너무 작아 좀처럼 보이지 않는 글자를 해독하듯, 상체를 앞으로 굽힌 채 다림질에 열중하던 남자 사장님. 그와 매우 밀착한 곁에서 손님들이 맡기고 갔을 옷가지를 공중의 기다란 봉에 차곡차곡 걸던 여자 사장님. 예사로운 세탁소 주인의 모습일 법도 했지만, 그렇게 가득히 매달린 외투와 다림질을 기다리며 수북이 쌓인 옷들 앞에서도 두 사람 모두 일말의 피로한 기색 없이 사뭇 비장해 보이기까지 했다. 이름과 전화번호를 남기고 다시 만날 날을 기약했다. 약속한 날짜가 되어 옷을 찾으러 간 날, 부부는 수줍은 미소와 함께 내게 잘 포장된 옷을 건네주었고, 집에 돌아와 세탁물을 꺼내 본 뒤 가장 먼저 든 생각은 이랬다. '앞으로 10년 동안 코트 살 일은 없겠네.' 겨우내 세찬 바람과 험한 눈비를 견뎌온 코트는 완연한 새 옷이 되어 있었다.

　서점과 세탁소는 자영업이라는 점을 제외하면 이렇다 할 교집합이 없다. 그런데도 서점 일을 하면서 자주 세탁소의 일을 떠올리곤 했다. 어떤 날엔 정리해야 하는 책이 너무 많다며 눈매도 어깨도 축 늘어져 있었고, 이른 아침 손님의 책 주문 메시지에 잠에서 깨기라도 하는 날이면 나도 모르는 사이 한숨이 새어나오기도 했다. 이래가지고서야 예순이 넘는 나이까지 서점을 운영할 수 있을까. 작아지고 작아지다 사라지는 비누처럼 내 업에도 수명이 정해져 있다면, 그 시간 동안 어떤 표정을 지어야 할까. 그럴 때마다 나는 세탁소의 두 선배가 보여준 수줍은 미소를 떠올리며 마음속 뿌옇게 낀 성에를 닦아내곤 했다.

반듯이 다려놓을수록 자꾸만 살에 눌어붙는 뜨거운 다리미질

　낡은 외상장부엔 잃어버린 시간을 찾아서와 미국 단편집과 중론中論, 오래된 참고문헌들과

　물과 꿈 따위만 적혀 있다

　여보세요, 옷들이여

　맡기신 분들을 찾아 얼른 가세요.

- p21, 〈나의 아름다운 세탁소〉

　진은영의 시집《훔쳐가는 노래》에는 〈나의 아름다운 세탁소〉라는 제목의 시가 있다. 시인이 말하는 '세탁소'가 진짜 세탁소는 아니다. 시인은 어린 시절의 아픈 기억, 가족에게 주었던 상처, 젊은 날의 미련함 같은, 말하자면 삶의 모든 얼룩들을 자신의 시詩 안으로 차곡차곡 모아 사람들을 향해 말한다. '나의 아름다운 세탁소를 보여드립니다.'(p19) 한마디로 요약할 수 없는 이 아름다운 시는, 내게 돌아갈 수 없고 돌이킬 수도 없는 삶의 비가역성에 대한 노래처럼 읽힌다. 사람 쪽이 아니라 세탁물 쪽에서 맡긴 사람을 얼른 찾아가길 기원해보지만, 주인 잃은 옷들만 쌓인 채 시인은 오늘도 혼자 세탁소를 지키고 있는 듯하다.

찾아가지 않은 옷들과 주인의 이름이 빼곡히 적힌 장부처럼, 어느 날 바라본 서가에도 그런 쓸쓸함이 있다. 손길을 받지 못해 늘 그 자리에 꽂혀 있기만 한 책들. 팔리지 못한 책들의 빛바랜 책등. 실속 있게 인기 높은 책들만 진열해도 모자랄 것을, 나는 왜 그렇지 않은 녀석들을 고를 때 유독 가슴 설레고 흡족해하는 지. 뉴스에선 재테크 책들이 요새 서점가를 뒤흔들고 있다고 하는데, 우리 서점만 시대의 흐름을 읽지 못한 채 외로운 다림질을 이어가고 있는 건 아닌지 모르겠다.

그러나 서점을 세탁소라고 가정하면, 그 책들을 맡긴 누군가 있다고 생각하면 조금은 위로가 되기도 한다. 내가 책을 고를 때 떠올린 사람들이 바로 그 책을 맡긴 주인들일까. 《훔쳐가는 노래》는 삶이 마음먹은 대로 흘러가지 않는다는 것을 알아가기 시작한 청년이 골랐으면 좋겠다. 《마당 씨의 식탁》은 처음 부모로부터 독립해 자신만의 가족을 꾸리기 위해 안간힘을 쓰고 있는 사람에게 갔으면 좋겠다. 《무정에세이》는 좋은 글귀로 한순간 마음에 위로를 주입하기 위해서가 아니라, 책을 읽고 조금이라도 더 나은 인간이 되자고 가만히 다짐하는 사람들과 만났으면 좋겠다. 책이 말하는 슬픔과 같은 슬픔을 품은 사람. 귀 기울여야 겨우 알아챌 수 있는 책의 자그마한 목소리를 들어줄 수 있는 좋은 사람.

긴 연휴가 지나고 나면 다녀간 사람이 많았던 까닭에 서가 곳곳이 횅하다. 생각보다 많은 빈 공간에 당황한 책들이 좌우로 기울어진 모습을 바라보는 것만으로도 경이롭지만, 아주 가끔씩 팔리지 않던 책들의 자리가 비어 있는 것을 발견할 때면 감격이 소용돌이 친다. 냉정하게 보면 그냥 책 한 권이 팔렸을 뿐인데도 나는 마냥 신기해한다. '내가 이 책을 여기에 숨겨놓은 걸 대체 어떻게 발견했을까!' 드물고도 어렵게 주인을 만났으면 그걸로 그만이어도 좋으련만, 나는 한 번의 탄복에서 그치지 않고, 기어코 그 책들을 다시 주문하고야 만다. 어제는 모리스 블랑쇼의 《문학의 공간》을, 오늘은 진 리스의 《광막한 사르가소 바다》를. 이 책들이 단정한 모습으로 서가 구석구석에 꽂혀 있는 이유는 바로 서점이 세탁소이기 때문이다. 언젠가 찾아올 당신을 위해, 당신이 맡겨둔 얼룩과 슬픔도 잘 다려놓고 기다리고 있을 것이다.

'여보세요 책들이여, 맡기신 분들을 찾아 얼른 가세요.'

《훔쳐가는 노래》, 진은영, 창비

너의 세계로 갈게

　중학교 교복을 입은 아이가 서점에 들어온다. 아직은 앳된 얼굴, 손목을 덮어버린 소매와 몸에 비해 넓은 재킷의 품 때문인지 언니 옷을 빌려 입은 것만 같다. 얼마 전까지 엄마 손을 잡고 왔던 걸로 기억하는데 벌써 중학생이 되었나. 만화책을 들고 엄마와 옥신각신하던 모습이 불과 지난달의 일 같다. 웬일인지 그는 청소년 서가로 향한다. 긴 앞머리가 눈가에 그늘을 드리우고 있다. 서가에서 책 한 권을 꺼내 조용히 내 쪽으로 다가온다. 나는 무슨 인사라도 건네고 싶은 마음에 읽고 싶어서 고른 책인지, 읽어야 해서 고른 책인지 물으려다 그만둔다. 주머니에 고이 접어둔 지폐를 꺼내는 걸 보고, 읽고 싶었던 책이라는 쪽으로 마음이 기운다. 아이는 졸음을 참지 못해 고개를 떨구듯 꾸벅, 말없이 인사를 건네고 나간다. 문득 그가 더 이상 아이가 아니라는 사실을 깨닫는다.

이따금 출판사로부터 추천사를 의뢰받곤 하는데, 딱 한 번 청소년 소설의 추천사를 쓴 적이 있었다. 청소년이었던 시기에 '청소년 소설'을 읽어본 적도 없었고, 장르 앞에 타깃 독자를 덧붙인 그 태연한 이름에 눈살을 찡그릴 따름이었는데 추천사라니. 한국에서 유쾌한 청소년기를 보낸 사람이 드물듯 나 역시 그 시절을 상기시키는 말들에 괜스레 움츠러들었던 걸지도 모르겠다. 어쩐지 조카의 숙제를 대신 해주는 삼촌의 기분으로 책을 펼쳤다. 그런데 웬걸. 생각했던 것처럼 유치하지도 않았거니와(어른들이 즐겨 읽는 그 많은 유치한 책들에 비하면!) 아이들을 가르칠 목적의 뻔한 교훈을 위해 소비되는 이야기도 아니었다. 늦은 밤 식탁에 앉아 책을 펴놓고 혼자 낄낄대는 나를 향해, 아내는 의아하다는 듯 책 표지와 내 얼굴을 번갈아 힐끔거렸다.

그때그때 출간되는 청소년 소설을 눈여겨봐 두었다가 손님에게 추천해드리는 일이 잦아지면서, '청소년 소설'이란 '성장 소설'의 또 다른 이름이라는 사실을 자연스레 깨닫게 되었다. 이야기가 끝날 때쯤 주인공은 어떤 의미로든 성장해 있었다. 나이를 먹고 목소리가 두터워진다는 의미에서뿐만 아니라, 이야기의 시작점에 서 있는 아이로부터 한 발짝 전진한다는 의미에서. 지금까지의 서툴렀던 자기 자신을 인식하고, 보다 성숙한 인간으로 발돋움한다는 뜻에서. 누군가의 자라는 과정을 목격했다는 것만으로도 그 성장에 대한 일말의 지분을 얻기라도 했던 걸까. 소설의 마지막 장을 덮고 나면 왠지 모르게 주인공과 더불어 나도 조금은 성장한 듯한 기분이 들었다.

《세계를 건너 너에게 갈게》는 열여섯 살의 중학생이 자기 자신에게 쓰는 편지로 시작한다. '느리게 가는 우체통'에 그 편지를 넣으면 1년 뒤의 자기 자신에게 배달될 터였다. 그런데 편지는 엉뚱한 곳으로 가버린다. 편지 주인의 시간으로부터 34년 전인 1980년대에 살고 있는, 이름만 똑같은 한 꼬마에게로. 이후 소설은 서로 답장에 답장을 거듭하는 두 사람의 편지만으로 전개된다. 상대적으로 미래에 살고 있는 아이는 과거의 아이에게 '앞으로 일어날 일들'과 관련해 도움을 주려고 하는 한편, 상대적으로 과거에 살고 있는 아이는 미래의 주인공이 그토록 손에 쥐고 싶어 하는 '엄마에 관한 비밀'을 알아내기 위해 고군분투한다. 두 사람의 시간이 다른 속도로 흐르는 까닭에, 과거의 아이는 미래의 아이에 비해 몇 배의 속도로 자란다. 국민학생이었던 과거의 아이는 편지 상대의 친구가 되고, 언니가 되었다가, 어느

새 그보다 훌쩍 커버린 어른이 된다.

소설은 시간의 간격을 두고 벌어지는 두 평행우주를 이론적으로 설명하는 일에 바쳐지지 않는다. 대신 각기 다른 시공간의 두 인물이 자기 삶에서 맞닥뜨린 곤경과 우울을, 그걸 해결하려고 애쓰는 구체적인 의지와 실천을 공들여 묘사한다. 편지는 어떻게 과거로 갈 수 있었던 걸까. 서로 다른 시간으로 흐르는 평행세계가 어떻게 존재할 수 있으며, 어떤 사정에 의해 두 세계는 편지라는 매개로 엮이게 된 것일까. 물리 법칙에 대한 참고 없이도, 이야기의 끝에 다다르고 나면 이해하게 된다. 어쩌면 우리 모두가 제각기 유영하는 평행우주라는 사실을. 타인에게로 나아가려는 마음이 이 우주를 저 우주로 가까스로 이어줄 수 있음을.

교복을 입고 서점에 드나드는 학생들을 마주하다 보면 문득 그런 착각이 들곤 한다. 나의 시간과 그의 시간이 다르게 흐른다는 착각이. 줄창 만화책만 고르던 장난기 가득하던 아이의 얼굴엔 어느덧 안경이 자리 잡았고, 어깨에 축 늘어진 가방 속엔 풀어야 할 문제들만이 가득해 보인다. 7년 전에도, 3년 전에도 나는 줄곧 이 자리에 서 있기만 한 것 같은데, 계산대를 올려다보

던 손님은 어느새 나와 눈을 맞추고 있다. 나는 계속 같은 나이에, 비슷한 고민 언저리를 맴도는 것 같은데 그는 아이였다가 청소년이었다가 성년이 된다.

꽤 오랜 기간 서점의 단골손님이었던 한 학생이 올해 성년이 되었다며 내게 편지를 건네주었다. 중학교 교복을 입고 서점에 드나들던 모습이 선명한데 벌써 스무 살이 되었구나. 늘 말이 없었고 무슨 의식을 치르듯 신중하게 책을 고르던 아이였기에, 단정한 글자들로 가지런히 채워진 엽서가 그의 모습을 고스란히 본떠놓은 듯했다. 편지 속 한 문장 앞에서 나의 세계가 멈춰섰다. "엄마를 기다리던 늦은 밤에 밖이 너무 추워서, 주위에서 가장 밝은 곳을 찾아 들어왔는데 그게 서점이었어요. 그때부터 서점에 가는 일을 취미 삼게 되었습니다." 그날 밤 전까지 우리의 세계도 평행하게 흐르고 있었다. 춥고 외로웠던 밤, 갈 곳 없어 헤매던 그날 밤, 그의 세계가 서점이라는 궤도 속으로 파고들었다.

《세계를 건너 너에게 갈게》, 이꽃님, 문학동네

인증샷에 담긴 코닥 모멘트

    서점 문에 부착할 안내문을 두고 아내와 토론이 벌어졌다. 사진 촬영에 관한 메시지를 넣을지 말지 고민이 들었던 탓이다. 여러 가게를 다니다 보면 사진 촬영에 관해 당부하는 말들이 심심찮게 눈에 띈다. '인물 촬영을 금합니다.' '과도한 촬영은 자제해 주세요.' '상업적 목적의 촬영을 금합니다.' 문 앞에 그런 한 줄을 넣을지 말지 자못 심각한 표정으로 이야기를 주고받았다.

    가게라면 마땅히 저마다의 고충이 있지만, 사진에 대해서라면 서점도 둘째가라면 서러울 업종이 아닐까 싶다. 언론에선 전자책의 개발과 휴대용 태블릿의 보급이 종이책에 위기를 가져다준 점만 이야기되곤 하는데, 안타깝게도 거기까지 갈 것도 없다. 매 순간 서점 주인의 살갗에 닿는 현실은 오히려 이런 것이다. 맘에 드는 구절과 필요한 페이지를 사진 찍으면 그만인 현실. "찰칵." 불과 1초도 되지 않을 짧은 찰나에 책 속 어떤 문장은 한 장의 사진이 되어 작은 기계 속에 복사된다. 힘겹게 책을 지고 다니거나 처치 곤란으로 집에 쌓아두는 일 따위 걱정하지 않아도 되는 편리한 세상. 그 멋진 신세계의 뒷면은 서점 주인에게 배정된 듯하다. 누구나 마음만 먹는다면, 조금만 치밀하게 계획한다면, 구태여 책을 구입할 것도 없이 원하는 모든 페이지를 사진 폴더 속에 소유할 수 있는 황량한 신세계.

이런 세상에 서점의 미래에 대한 청사진을 그려본다는 건 우스운 일일지 모르겠지만, 비유가 아닌 실제 '청사진'이라면 어떨까.《사진공책, 가려진 세계의 징후들》에 나오는 '청사진cyanotype'에 대한 얘기다. 저자는 사진술의 발명을 (렌즈가 아닌) 빛을 포착하는 화학적인 관점에서 본다면 청사진의 발명이야말로 그 역사의 일선에 기록되어야 한다고 말한다. 발명의 주체는 영국의 천문학자 존 허셜. 그는 1819년에 빛을 정착시키는 물질 티오황산나트륨을 발견했는데, 이 물질이 약 20년 뒤에 발명될 청사진 기법의 시초가 되었다. 화학 물질을 바른 감광지 위에 피사체를 올려둔 뒤 빛을 쏘이면, 빛이 닿은 부분은 파랗게 변하고 빛이 닿지 않은 부분은 하얗게 씻겨나가는 원리다. 셔터를 누르는 대신

빛과 물질과 시간의 화학작용이 만들어내는 사진인 셈이다.

저자는 이러한 청사진 기법으로 만들어진 아름다운 사진집 한 권을 소개한다. 인류 최초의 사진집이 무엇이냐에 대한 논쟁에서 한쪽 저울을 맡고 있는 책, 1843년에 발간된 안나 앳킨스의 《영국 해조류 사진Photographs of British Algae》이다. 아버지의 친구(존 허셜)로부터 청사진 기법을 배운 안나 앳킨스는 자그마치 10년에 걸쳐 청사진 기법을 이용한 식물도감을 펴냈다. 식물들을 하나씩 감광지 위에 올려둔 뒤 햇빛에 노광해 얻은 389점의 푸른색 사진들은 식물의 형상을 본뜬 빛의 조각품 같다. 지금은 화면 속 버튼에 손가락만 대면 사진을 촬영할 수 있는 세상이고, 청사진이라는 기술마저도 건축 도면에 쓰이다 마침내 유물이 되어버렸지만, 안나 앳킨스의 청사진은 우리가 편리함을 얻은 대신 잃어버린 것이 무엇인지 생각해보게끔 한다. 빛과 기다림의 노동으로 빚어내야 했던 저 옛날의 청사진에서 지금은 사라져버린 숭고함이 비치는 까닭이다.

한편, 언제부터인가 서점은 '인증샷'의 장소이기도 하다. 사진 중심의 사회 관계망 서비스 인스타그램의 엄청난 파급력에 맞물려 시작된 유행이다. '책이 최고의 인테리어'라는 말을 증명해 주듯, 사람들은 서점에 진열된 형형색색의 책들과 가지런히 놓인 원목 책장을 배경으로 우아한 표정을 짓거나 책을 들고 지적인 포즈를 취하곤 한다. 서점들 또한 이런 트렌드에 발맞춰 '포토존'을 갖춰 고객 유치에 힘쓰고 있다. 우연히 방문한 어느 카페에는 수백 권의 아트북이 벽면 책장을 가득 채우고 있었는데, 가까이 다가가 보니 '눈으로만 봐주세요'라는 안내문이 적혀 있었다. 우리 서점 역시 관광지에 속해 있었으므로 늦지 않게 이러한 흐름에 탑승해야 하나 고민되기도 했다. 이렇다 할 포토존 하나 없는 탓에 정문 앞에서 간판을 배경 삼아 인증샷을 찍는 손님들. 바람이 세차게 부는 날이면, 휘날리는 머리카락과 흔들리는 카메라를 부여잡고 힘겹게 인증샷을 찍는 손님들을 볼 때마다, 서점은 서점다워야 한다는 생각도 책방은 책으로 승부해야 한다는 생각도 시나브로 마모될 따름이었다.

그러던 어느 날엔가 인터넷에서 우연히 한 가족의 사진을 보았다. 우리 서점을 배경으로 촬영한 '인증샷'이었다. 뱃속에 작은 생명을 품은 여자분이 서점 소파에 수줍은 미소를 머금고 앉아 있었다. 책이 예쁘게 꽂힌 배경도 아닌 데다가 지극히 평범한 무채색의 소파라서, 누군가 탄성을 지를 만한 아름다운 사진이라고 보긴 어려웠다. 사진을 넘겨보니 같은 사람이 같은 자리에서 찍은 두 번째 사진이 있었다. 달라진 점은 여자의 양옆으로 귀여운 쌍둥이 아기가 앉아 있었다는 것. 2년가량의 시간 차이를 두고 나란히 놓인 두 장의 사진이었다. 프레임 바깥에서 자신의 가족을 촬영했을 남편이자 두 아이의 아버지는 사진 아래 짤막한 메모를 적어두었다. "많이 컸다. 너희도 우리도."

'코닥 모멘트Kodak Moment'였다. 사진으로 남기고 싶은 특별하고도 소중한 순간을 뜻하는 말. 지금으로부터 130년 전, 코닥사에서 처음 똑딱이 카메라를 세상에 선보이며 내건 기치로부터 생겨난 유행어였다고 한다(p277,《사진공책, 가려진 세계의 징후들》). 이렇다 할 배경이나 특별한 포즈도 없고, 별다른 보정도 거치지 않은 두 장의 사진은 인증샷을 향한 나의 근심을 멈추었고, 우리 모두에겐 '코닥 모멘트'가 있다는 진실을 밝혀주었다. 저마다의 그 순간을 만드는 것은 멋진 배경이나 값비싼 옷이 아니라, 그저 붙잡을 틈 없이 흐르는 시간이라는 사실을. 시간은 끊임없이 흐르고, 실제로든 비유로든 우린 언젠가 같은 자리에 돌아와 앉게 된다. 다시 그 자리에 앉을 때 나는 어떤 모습이 되어 있을까. 먼 훗날의 내가 사진첩 속의 나를 들춰보며 '많이 컸다'라고 중얼거리 때, 촌스럽고 웃긴 그 시절의 사진 속엔 언제나 코닥 모멘트가 있다. 포토존에 대한 고민은 잠시 제쳐둔 채, 쌍둥이 아기들과 엄마가 앉았던 소파에 가만히 앉아보았다.

《사진공책, 가려진 세계의 징후들》, 김창길, 들녘

메리골드 거리

 점심시간, 직장인으로 보이는 두 사람이 가던 걸음을 멈추고 허리를 구부린 채 머리를 맞댄다. 장바구니가 고정된 수레를 끌고 길을 건너려던 할머니가 멈춰 선다. 서점 앞 도로변 화단의 꽃을 구경하기 위해서다. 문을 열고 들어오면, 카운터에서부터 전면 유리창의 기다란 테이블을 따라 쭉 이어진 화분의 행렬을 보며 마치 화원 같다고 좋아하는 분도 제법 많다. 후문은 또 어떤가. 주차장을 빙 둘러싼 보폭 하나 너비의 정원에 과일나무와 꽃나무, 야생화가 피어나고 있어, 도심 속 꽤 쏠쏠한 정원을 보유하고 있는 듯한 포만감에 젖기도 한다. 한 중년의 여자분은 (나로서는 아쉽지만) 책에는 일말의 눈길조차 주지 않고, 가족이 책을 고르는 동안 화병에 꽂힌 생화와 다육식물, 크고 작은 화분을 흡족히 감상하고 있다.

10월 서점의 화단은 꽤 조용하다. 봄여름에 심어두었거나 월동하여 자랐던 식물들이 다시금 지고 열매가 달릴 때까지 기다리는 시기이기 때문이다. 도로변 화단에는 생명력이 강한 프렌치 메리골드와 가우리꽃이라고도 불리는 연분홍빛 나비바늘꽃이 하늘거린다. 사계절의 거대한 순환 속 낮과 밤처럼, 썬빔과 미니장미가 피고 지기를 반복한다. 여름내 빽빽하게 자리 잡은 꽃과 잡초 사이에서, 머지않아 자주색 기지개를 켤 준비를 하는 국화의 모습이 마냥 기특하다.

서점 정문 옆으로 줄줄이 늘어선 화분들도 겨울이 오기 전까지 자기 일생의 '화양연화花樣年華'를 뽐낸다. 오색마삭줄은 노랗거나 붉은 각색의 잎사귀를, 흑진주 페튜니아는 검은 벨벳 같은 꽃잎을 겹겹이 피운다. 카렐 차페크는 《정원가의 열두 달》에서 10월을 '대범하게 일하기 좋은 달'로 정의한다. 1년 열두 달 중 식물을 새로 심거나 옮겨심기에 가장 적합한 계절이라는 것. 그러고 보니 서점의 화단도 슬슬 자리를 옮겨줘야 할 식물은 없는지, 새로운 꽃이나 알뿌리를 심을 만한 빈자리는 없는지 점검해볼 무렵인 듯하다. 언제나 가만히 있는 듯 보이는 책들이 알고 보면 쉴 새 없이 바뀌고 자리를 옮기는 것처럼, 가을의 따사로운 일광욕을 즐기는 화분들도 실은 분주한 스케줄을 소화하고 있다. 더욱이 실내 식물들은 햇빛과 신선한 공기가 늘 결핍된 탓에 자리를 알맞게 옮겨주거나, 그때그때 몸집에 맞는 화분으로 갈아입혀 주어야 한다. 행인과 손님에겐 감상의 달이지만, 고요함도 잠시, 정원가에겐 정비의 달이 도래한 것이다.

화단이 처음부터 지금과 같은 모습이었던 건 아니다. 도로변에 접해 있는 좁고 기다란 화단은 본래 주민센터에서 관리하던 곳이었다. 매년 예산에 따라 드문드문 정비되었다고 전해지는데, 화단을 최초로 손질하신 어머니에 따르면, 온통 자갈투성이의 불모지나 다름없었다고 한다. 생명력이 강하기로 정평이 난 철쭉조차 뿌리를 내리지 못한 채 죽어가고 있었다니 흙의 상태가 어지간히 열악했던 모양이다.

정원가는 장미 향기를 음미하는 사람이 아니라 '흙에 석회를 더 넣어야 할지', 아니면 흙이 너무 묵직하여 '모래를 조금 더 섞어야 할지'를 두고 고민하는 사람이다. 가드닝은 점차 과학적인 작업이 되어간다. 활짝 핀 장미는 아마추어 애호가들을 위한 것. 정원가의 즐거

움은 보다 깊숙한 곳, 바로 땅의 자궁에 뿌리를 내리고
있다.
-p60, 〈가드닝 기술〉

카렐 차페크가 이야기한 정원가의 영혼에 부합하듯, 어머니
는 스키보드만 한 그 흑갈색 화단을 가만히 내버려두지 않았다.
초보 정원가는 흙을 갈아엎고 자갈을 골라냈다. 영양분 가득한
흙을 가져와 골고루 섞고 다지고 나서, 매일 양동이로 물을 날
라 흠뻑 적시는 것으로 마무리했다. 썬빔과 바늘꽃으로 시작해
채송화와 메리골드, 국화를 심기 시작했다. 그렇게 차츰 화단은
살아났다.

사람들은 자신이 무엇을 딛고 서 있는지엔 별로 관심
이 없다. 어딘가를 향해 미친 듯이 달려가다 보면 적어
도 구름이 얼마나 아름다운지, 수평선이 얼마나 광활
한지, 언덕이 얼마나 푸른지는 알아차린다. 하지만 발
밑을 내려다보며 자신이 딛고 있는 땅의 아름다움을
칭송하는 사람은 없다. 인간은 손바닥만 한 정원이라
도 가져야 한다. 우리가 무엇을 딛고 있는지 알기 위해
선 작은 화단 하나는 가꾸며 살아야 한다.   -p153, 〈흙〉

"인간은 손바닥만 한 정원이라도 가져야 한다"는 《정원가의 열두 달》에서 가장 널리 알려진 문장이다. 하나 나는 왠지 그 앞 문장에 마음이 끌린다. 정원이라는 말이 흔히 떠올리듯 식재된 나무와 꽃의 아름다움을 지칭하는 게 아니라, 우리가 딛는 땅과 흙의 아름다움을 뜻하는 것이라는 저 수수한 목소리가 좋다. 누구나 매일 두 발 중 한 발을 꼭 땅에 딛고 서 있지만 발밑의 땅을 면밀히 살펴보거나 고마워하는 이는 드물다. 《정원가의 열두 달》은 '무엇을 심을까'에 대한 책이 아니라, '흙을 어떻게 가꿀 것인가'에 대한 책으로 느껴질 만큼 흙을 향한 참된 애정이 넘쳐흐른다.

3년 전 어머니가 화단에 심은 메리골드는 바람에 날리거나, 사람과 길가의 동물들, 간혹은 자동차에 붙어 여기저기 퍼졌다. 올여름 동네를 산책하다 보니, 우리 화단에서 비롯된 메리골드가 사방으로 번졌다는 것을 알 수 있었다. 이윽고 가을에 접어들자 서점을 기점으로 수백 미터 떨어진 시내 거리까지, 도로변 화단에 아예 메리골드 거리가 만들어졌다. 서점 앞 아스팔트 도로와 보행로 사이 좁다랗게 놓인 흙에서 가꿔진 씨앗은, 포장된 도로를 넘고 넘어 이곳저곳에 생명을 불어넣었다. 거리 곳곳의 메리골드를 마주하는 순간만큼은 흙과의 결속을 느낀다. 잠깐이지만 '부모의 마음'으로 세상을 바라본다.

《정원가의 열두 달》, 카렐 차페크, 펜연필독약

오늘의 간판

인간은 미세한 물리적인 자국과 흔적들 속에서, 놀랍
게도 타인의 행동과 마음 속 자취와 요동을 감지해낸
다. 특히 사랑하는 사람에게서 온 편지라도 마주할 때
면, 같은 자국에서도 언어 너머 마음과 감정의 흔적을
더 필사적으로 해독하려 든다. 글씨를 써 내려간 이의
시간 속으로 들어가, 특정 순간의 머뭇거림이나 흔들
림을 느끼고 그 마음을 읽는다.　　- p279, 《글자 풍경》

　서점 근처 사거리를 지나자마자 늘 다니는 길목에 과일 트럭
이 머무는 곳이 있다. 저 멀리 트럭이 보이면 벌써부터 괜히 궁
금해지곤 한다. 어떤 과일을 파는지가 아니라 오늘은 어떤 간판
이 붙여져 있을지. 대부분의 트럭 장수들이 인쇄된 현수막을 거
는 데 반해, 그 트럭만은 그때그때 파는 과일의 이름을 유성 사

인펜으로 정성껏 쓰고 색칠한 '그날의 간판'을 붙여둔다. 여름엔 수박과 참외, 겨울엔 귤, 그 외 계절은 대체로 사과나 체리가 굵고 큼지막한 글씨로 적혀 있는데, 그냥 휘갈겨 쓴 게 아니라 글자의 상하좌우를 부러 뒤바꾸기도 하고, 글자와 과일 그림을 계단식으로 배열하기도 한다. 글씨로부터 과일의 품질까지 어림잡는 건 과장된 추측일지라도, 그토록 정성껏 하루하루의 간판을 꾸미는 주인이라면 자신이 파는 과일 역시 허투루 골랐으리라 생각되진 않는다.

우연으로 방문했든 빈번히 드나들었든, 어떤 가게의 모습을 그릴 때면 '글자'가 먼저 떠오르곤 한다. 그곳에서 체험한 분위기, 손님을 대하는 주인의 온도, 상품의 구성과 진열 등등, 하고 많은 중요한 점들 못지않게 그곳에서 마주한 글자의 실루엣이 어떤 의식보다도 앞서 잔상으로 남아 있다. 기억 속 글자는 대체로 간판이지만 영업시간을 붙여둔 시트지일 때도 있고, 상품을 소개하는 작은 종잇조각일 때도 있다. 물론 그 글자가 손글씨라면 한결 선명히 머릿속에 각인되는 편이다. '개인 사정으로 쉽니다'라고 적힌 짧막한 문장도, 과일을 싣고 다니는 트럭에 붙여진 '외참'(참외를 좌우 뒤바꿔 썼다)이라는 말도. 시장을 구경하다 보면 어김없이 마주치는 바구니에 적힌 손글씨는 맞춤법이 틀려서 도리어 정겨움을 자아내기도 한다. 그 글자 속에 머리를 싸매고 펜을 움켜쥔 어떤 사람이 비치기 때문일 것이다. 내 기억 속에서 재구성된 거리의 모습은 언제나 '글자 풍경'이다.

우리 서점 역시 고유의 글씨체를 가지고 있다. 때는 7년 전으로 거슬러 올라간다. 처음 서점 일에 뛰어들었을 무렵 손글씨를 써서 매장 곳곳을 꾸몄다. 서점 주인이 손글씨로 책을 소개하는 건 흔하다면 흔한 일이고, 개성을 드러내기 위해 출력된 홍보물을 마다하고 손글씨를 쓰는 경우도 적지 않지만, 나는 어떤 출판사로부터도 홍보 자료 하나 받지 못했던 시절 등 떠밀리듯 만들게 된 손글씨 피오피(POP)를 두고 '눈물의 캘리그래피'라고 부르곤 했다. 운 좋게도 손글씨는 손님들에게 우리 서점 하면 떠오르는 일종의 정서로 자리 잡았지만, 붓펜으로만 썼던 탓에 늘 작은 글씨를 쓰는 일이 난감했다. 그로부터 1년 뒤, 함께 서점에서 일하게 된 아내에게 책 소개 문구로 들어갈 작은 글씨를 써줄 수 있겠느냐고 부탁했다.

그 후 얼마쯤 지났을까. 늦은 밤 거실 탁자에 앉아 고개를 숙이고 무언가에 열중하는 아내가 보였다. 책상 위엔 여러 장의 종이가 흩어져 있었는데, 오래된 흑백 사진 같은 것도 보였다. 아내는 고개를 숙인 채 글씨 연습에 한창이었다. 무심코 뱉은 부탁이 너무 큰 부담을 지웠던 걸까. 그냥 평소대로 쓰면 되는데 왜 연습까지 하고 있느냐고 묻자 우리 서점에 맞는, 우리 서점만의 글씨를 써보고 싶다는 대답이 돌아왔다. 그제야 다시 보니, 흑백 사진은 1960년대 서점의 전경을 담은 사진이었다. 그렇게 아내의 손으로부터 1960년대에 걸려 있던 서점 간판 글자를 모체로 한 자칭 '동아서점체'가 만들어졌다. 글자 하나하나가 정사각형 안에 꽉 채워진 납작한 형태에, 모음의 상단이 ㄱ자처럼 꺾이는 독특한 세리프를 지닌 서체였다. 글씨는 서점 구석구석에 고용되었다. 책 소개 문구나 기획 코너를 설명하는 본문에서 시작해, 선물 포장 안내문을 비롯한 모든 서점 이용 안내문에도, 심지어 정수기와 화장실의 안내문에도 등장했다. 처음 글씨를 본 손님들은 이런 손글씨도 있느냐며 마냥 신기해했다. '원래 있던 글자체를 출력한 것이다', '아니다. 사람이 쓴 손글씨다', 카운터 앞에서 때 아닌 논쟁이 벌어지기도 했다.

우리는 왜 손글씨를 쓰는 걸까? 시간이 오래 걸리고, 한 획이라도 틀리면 처음부터 다시 써야 하는 데다가, 서예에 이렇다 할 재능이나 자부심이 있는 것도 아닌데. 전문 그래픽 디자이너의 도움을 받아 옛 간판의 서체를 가다듬어 서점 로고를 만들기도 했는데, 여전히 손수 쓰는 글씨를 고집하는 이유는 뭘까? 서점이 종이책을 판매하는, 아날로그를 상징하는 장소 중 하나이고, 손글씨는 그런 아날로그적 공간을 온전히 감각할 수 있게 만들어주는 촉매라서? 물론 아예 터무니없는 대답은 아니겠지만, 서점 고유의 글씨체까지 만들어가며 수고로움을 마다 않는 까닭을 설명하기엔 미약해 보인다.

유지원의《글자 풍경》은 "왜 우리 눈앞의 글자들은 이 모습을 띠게 되었을까?"라는 질문에 대한 답변으로, 대륙과 문명, 학문의 경계(미학과 역사, 기하학과 물리학)를 가로지르며 스물일곱 개의 세상을 보여준다. 글자의 관점으로 편집된 이 풍경들의 마지막에서는 순우리말 '글'과 '그림'의 어원이 '그리움'의 어원과 닿아 있다는 사실에 주목한다. 무언가를 긁고 새기는 행위가 글과 그림의 기원이라면, 그런 흔적과 자국을 남기는 행위가 근본적인 차원에서 누군가를 향한 그리움의 표현일 수도 있다는 견해다. "'글'도 '그림'도 본질적으로 부재하는 무언가와 더 잘 연결되

고 싶고 더 잘 소통하고 싶은 '그리움'을 동기로 한다."(p293)

　나는 '그리움' 앞의 '더 잘 소통하고 싶은'이라는 말에 밑줄을 긋는다. 그게 우리가 손글씨를 쓰는 까닭이지 않을까 해서다. 하얀 종이 위에 한 글자 한 글자 새겨 넣은 그 말들은 언젠가 이곳에 다녀갈 누군가에게 내가 진심으로 하고 싶던 말이었다. 늘 정답고 예쁜 말인 것만은 아니었다. 구입하지 않은 책을 함부로 손상시키지 말아달라고 간청할 때도, 우리 서점만의 방식으로 책을 분류하고 있으니 찾는 책이 있을 때 직원에게 문의해달라고 당부할 때도. 내 마음속 말들을 온전히 전하기 위해서, 나라는 사람의 모습을 그 글자 안에 새겨 넣고 싶었다. 그러니까 손글씨는 당신에게 더 제대로 말을 건네고 싶어 감히 여기에 내 흔적을 남겨놓겠다는 수줍은 선언일 것이다.

《글자 풍경》, 유지원, 을유문화사

내게는 낡은 비닐봉투가 있었네

"종이봉투 100원인데 담아드릴까요?" 책을 구입하는 손님에게 이렇게 묻기 시작한 건 불과 얼마 전 일이다. 2019년 4월부로 시행된 환경부의 '자원의 절약과 재활용 촉진에 관한 법률'로 인해 비닐봉투에 한해서는 50원을 부과하는 게 의무화되었지만, 사실상 종이봉투는 무료로 제공해드려도 무방했다. 잠깐. 지금 나는 마치 종이봉투를 무상으로 드리고 싶은 사람처럼 말하고 있다. 온라인으로 10퍼센트 저렴하게 책을 살 수 있는데도 군이 서점에 오셔서 정가로 책을 데려가는 분들에게, 태블릿 PC나 스마트폰으로 간편하게 책을 읽을 수 있는데도 군이 종이책을 찾아오신 분들에게, 기어코 쇼핑백 값까지 받는다는 게 여간 송구스럽지 않은 탓이었다. 그럼에도 종이 쇼핑백 값을 받기로 한 건 아내의 제안이었다. "'진짜' 환경을 생각한다면, 종이 쇼핑백을 사용한다고 해결되는 게 아니라, 모든 종류의 쇼핑백 사용

을 줄여야 해요. 손님들도 그걸 이해하실 거예요." 몇 차례 "그래
도 말이에요…" 하며 말끝을 흐리는 사이 아내는 제안을 실행에
옮기고 있었다.

　쇼핑백에 대한 아내의 결연한 의지는 봉투 값을 논하는 일에
만 국한된 게 아니었다. 한번은 아내가 창고 구석에서 1990년
대에 사용하던 촌스러운 디자인의 비닐 쇼핑백을 한 아름 안고
왔다. 더 이상 쓸모를 찾지 못해 방치한 옛날 비닐이었다. 새파
란 색으로 적힌 상호와 투박한 서체는 어떻게든 봐줄 만했지만,
하단에 자그맣게 적힌 은행 이름만은 그냥 넘길 수가 없었다. 아
닌 게 아니라 서점 주소를 나타내기 위해 적힌 그 은행은 이젠
우리 동네뿐만 아니라 우리나라에서 자취를 감춘 지 오래된 이
름이었다. 나는 결단코 그 비닐을 사용할 수 없다고 맞버텼다.
하나 아내는 예의 확고한 눈빛으로 내게 말했다. "비닐을 구입하
려는 분들에겐 이 비닐에 담아드리면 좋겠어요. 이 비닐까지 다
쓰고 나면 더 이상 비닐을 만들지 않기로 하고요." 백번 그 말이
맞는다손 치더라도 당최 엄두가 나질 않았다. 리뉴얼한 서점의
모습, 서점의 새로운 로고… 한마디로 새 옷을 갈아입은 서점과
어울리는 구석이라곤 조금도 없었다. 서점의 인상이 되어줄 그

쇼핑백을 손님들이 어떻게 여길지 두렵기도 했고, 그런 상상을 하면 번번이 낯이 뜨거워지는 것이었다.

우물쭈물하며 등 떠밀리듯 옛 비닐봉투를 책상 아래 쌓아두고 몇 개월 지났을 무렵이었다. 조금 전까지 옆에서 모니터를 보던 아내가 보이질 않았다. 사라졌던 아내는 어린이 책 서가 앞에 고개를 푹 숙인 채 뭔가에 정신을 쏟고 있는 모습이었다. "이 책, 읽어볼래요?" 아내의 손에 공책처럼 얇고 큼지막한 책이 들려 있었다. 멀리서 바라본 표지엔 할아버지가 어린아이에게 무엇인가를 건네는 그림이 그려져 있었다.

재봉사였던 할아버지는 할머니와의 결혼식을 위해 코트 한 벌을 직접 만들었다. 시간이 흐르며 낡고 해진 코트는 할아버지의 손을 거쳐 멋진 재킷으로 재탄생했고, 재킷은 이후에 조끼로, 조끼는 다시 넥타이로, 넥타이는 손주를 위한 작은 생쥐 인형이 되었다. 생쥐 인형은 마침내 닳고 닳아 세상에서 자취를 감추었지만, 대신 할아버지의 코트에 얽힌 이야기가 우리 곁에 남았다. 유대계 민요 〈내게는 낡은 오버코트가 있었네〉의 가사를 모티프로 한 동화책 《할아버지의 코트》의 이야기다. 어쩌면 익숙하다고 해도 좋을 교훈과, 나를 위해 그 책을 고른 아내 앞에서, 그만 한없이 부끄러워졌다. 지극히 단순한 구조에 쉬운 단어들로만 적힌 그 이야기는 내가 마음 깊숙이 외면하고 있던 진실을 정면으로 가리키고 있었다. 가지고 있는 물건을 무심코 버리지 말고 꾸준히 사용할 것. 곁에 있는 자원을 다시금 바라보고 소중히 쓸 것. '제로 웨이스트' 같은 용어나 환경에 관한 어떤 구호 없이도 근본적인 실천을 장려하는, 정곡을 찌르는 말들이었다.

책상 아래 묵혀둔 비닐봉투를 다시 꺼냈다. '재봉사 할아버지'의 눈으로, 아내의 시선으로 다시 바라본 비닐봉투는 어딘가 달라 보였다. 촌스럽다고만 여겼던 글씨는 할아버지의 주름처럼 정겨웠고, 진저리쳤던 은행 이름은 지나간 시대를 엿볼 수 있는 작은 유물처럼 느껴지기까지 했다. 진정으로 '제로 웨이스트'를 실천한다는 건 에코백이나 텀블러로 대표되는 패션의 차원이 아니라, 실존적 차원에서 얼마간 넝마주이의 속성을 감내할 수 있어야 한다는 진실을 깨달은 것도 그 무렵이었다. 일터 구석구석의 헤픈 습관들을 점검하기 시작하자 수많은 자원들이 방치되거나 버려져 왔다는 걸 알 수 있었다. 오래전 사용하던 포장지를 비롯해 철 지난 포스터, 엽서 같은 종이들을 재활용해 손바닥만 한 메모지로 만들었고, 생활 곳곳에 풍경처럼 스며들어 있는 일회용 컵 슬리브를 활용해 간단히 메모 패드 만드는 방법을 동영상으로 제작해보기도 했다. 책을 구입하면서 봉투에 담아가지 않는 분들에게 천연 수세미를 나눠드리는 이벤트를 열었고, 서점 앞 화단에서 채종한 씨앗들을 잘 소분해두었다가 겨울철 서점에 오신 손님들과 나누었다.

인스타그램에서 우연히 한 젊은 커플의 서점 방문기를 접했다. 여느 후기들과는 다르게 예사롭지 않은 표현이 눈에 띄었다. '귀퉁이가 손상된 책을 골랐다'는 문장이었다. 잘못 본 게 아닐까 눈을 의심하며 여러 번 반복해 읽었다. 만화이자 드라마《중쇄를 찍자》의 한 에피소드에서 (파손 등의 이유로) 팔리지 못한 책들이 분쇄되는 장면을 접한 적이 있는데, 우리 서점에서 모서리가 상한 책을 보고 그 장면이 떠올랐다는 것이었다. 내용을 읽는데에 아무 문제가 없기에 기쁜 마음으로 골랐다는 말도 덧붙였다. 돈을 지불하며 하자 없는 제품을 구입하는 게 소비자로서 누려야 할 온당한 권리이건만, 그들은 어째서 스스로의 이익과 대치되는 선택을 했던 것일까. 자연을 보호하고 지구를 지켜내는 실천에 있어서, 중대한 결정의 순간 같은 건 좀처럼 찾아오지 않

는지도 모른다. 자세히 바라보지 않으면 알아채지 못할 가늘고
촘촘한 순간만이 있는지도 모른다. 촌스러운 비닐봉투, 빛바랜
포스터, 테이프 자국이 남은 상자가 우릴 스쳐 지나가는 그런 순
간들이.

《할아버지의 코트》, 짐 아일스워스 글, 바바라 매클린톡 그림, 이마주

선별의 미학

이런 질문을 종종 받는다. "북 큐레이션은 어떻게 하시는 거예요?" "여긴 어떤 큐레이션이 있나요?" 답변하기에 앞서 머릿속에 수많은 의문이 잇따른다. '그저 좋은 책을 고를 뿐이라고 말하면 너무 흔해빠진 대답일까.' '정확히 무슨 의미로 큐레이션이라고 말한 걸까? 책의 분류라는 뜻으로? 책의 전시라는 의미에서?' 미적거리며 대답을 늘어놓는 사이 마음 한편에선, 책을 주문하고 진열하고 판매하는 서점의 하루하루와 그 일과의 꾸준한 반복이 큐레이션의 재료이자 과정인 것 같다고 말하고 싶어진다. 하나 모호하게 압축된 말들로 상대를 납득시키기란 쉽지 않아 보인다. 사람들의 질문 속 '큐레이션'의 뜻은 내가 생각하는 '큐레이션'의 뜻과 얼핏 닿아 있는 듯하면서도 비껴 있다.

내 컴퓨터의 '자주 방문한 사이트' 최상위 목록엔 모든 온라인 서점 주소가 올라와 있다. 틈날 때마다 켜놓고 신간을 살펴본 종적이다. 출판사 SNS 계정을 팔로우하며 그때그때 출간 소식을 캡처해둔다. 메일함에는 어림잡아 하루 열 통씩 출판사로부터 신간 보도자료가 도착해 있다. 주말엔 매우 전통적인 방식으로 주요 일간지 책 지면을 살펴본다. 레이더에 잡힌 책들은 몇가지 관문을 거쳐 주문 목록에 오른다. 그렇게 책을 고른 지 8년이 흐른 지금, 우리 서점을 '큐레이션 서점'이라고 부르는 손님들을 꽤 자주 목격한다. 방문자 후기를 검색해보면 "다른 서점에서는 찾을 수 없는 책이 많다", "책을 고른 주인의 안목이 돋보인다" 같은 평가도 심심찮게 접할 수 있다. 어제는 단골손님 한 분이 내가 이번 주에 신중하게 골라 들여놓은 책 두 권을 품에 안은 채 말했다. "어떻게 제가 읽고 싶은 책을 이렇게 딱 골라놓으셨어요." 물론 보람된 일만 겪는 건 아니다. 찾는 책마다 없는 경우엔 도대체 서점이 맞긴 하느냐는 눈총을 받곤 한다. 특별한 서점이라고 해서 왔는데 별다른 특징을 발견하지 못했다는 후기도 있고, 공들여 골라놓은 책들에 조금도 흥미가 생기지 않는다는 듯 서둘러 떠나는 손님들도 있다.

마이클 바스카의 《큐레이션》은 '큐레이션'이라는 개념의 통용이 과잉의 시대에 필연적으로 맞닥뜨리게 되는 '선택'의 문제에서 비롯한다고 말한다. 1793년에 개관한 루브르 박물관은 나폴레옹 시대를 거치며 유럽 주요 도시에서 입수한 전리품으로 말미암아 그 소장 규모가 기하급수적으로 비대해졌다. 이에 당시 박물관 책임자였던 도미니크 비방 드농은 획기적인 전시 방식을 도입했다. 바로 소장품들을 '정리'하기 시작했던 것. 이전까지의 박물관이 수집품의 볼륨을 최대한 늘리는 데 급급했던 것에 반해, 루브르 박물관은 소장품을 연대기별로, 작가가 속한 학파별로 분류하기 시작했다. 이 같은 '수집'에서 '분류'로의 관점의 이행은 19세기 전반 모든 박물관에서 큐레이션이라는 어젠다를 정립하는 계기가 됐다. 식량과 재화가 부족했던 시절엔 무엇이든 생산하고 축적하는 것이 가장 가치 있는 일로 여겨졌다면, 과잉의 시대엔 모든 것들이 오히려 '너무 많아서' 문제가 되는 것이다.

서점이야말로 정신을 바짝 차리지 않으면 과잉의 장소가 되기 십상이다. 한 주 동안에만 출간되는 신간이 약 1260종(《2021년 한국출판연감》에 따르면 2020년 출간된 신간 종수가 6만 5792종. 이를 주 단위로 계산해보면 일주일에 약 1260종의 신간이 출간된 셈이다).

과연 그 책들이 모두 유의미한 통찰과 사유를 담고 있다고 할 수 있을까. 아니면 적어도 감동이나 유희 또는 카타르시스를 선사하는 책이라고 여길 수 있을까. 객관적인 의미로서의 감동과 유희라는 건 없다고 치더라도, 그 1260권의 신간이 모두 우리 서점을 찾는 손님들에게 '좋은 책'이 될 리는 만무하다. 공간적 한계도 있어 아무리 넉넉히 잡아도 한 주 동안 우리 서점에 진열할 수 있는 신간의 종수는 50권 미만이었다. 나는 선택을 해야 했다. 서점을 찾는 손님들에게 실패의 경험을 선사하지 않는 책을 선별해야 했다. 서점에서 만난 그 책이 누군가의 마음 깊숙이 '내가 찾던 그 책', '내가 읽고 싶던 그 책'으로 각인되길 바랐다.

마이클 바스카는 큐레이션이 크게 두 가지 원리로 작동한다고 말한다. 첫째는 선별, 둘째는 배치. 배치는 중요하다. 책이 어디에 놓여 있느냐의 문제는 각종 마케팅에 가려졌던 그 책의 가치를 새롭게 드러내기도 한다. 서점의 큐레이션을 이야기할 때 우리 역시 대개 '배치'에 주목하게 되는데, 그것이야말로 눈에 보이는 가장 직관적인 무대이기 때문일 것이다. 그래서인지 가끔 북 큐레이션이 대체 무엇인지 헷갈리기까지 한다. 서로 무슨 연관이 있는지 알 수 없는 책들이 원목 서가의 간접 조명 아래

가지런히 놓인 게 큐레이션인지, 이렇다 할 관점 없이 기존의 카테고리를 답습한 채 알록달록한 표지의 책들로 연출한 스펙터클이 큐레이션인지. 배치는 큐레이션을 완성시키는 마지막 손길과도 같지만, 애초의 아이디어가 무엇이었는지를 현혹시키는 연막이 되기도 한다.

배치 이전에 큐레이션의 핵심은 '선별'이다. 책에서 '과감히 덜어내는 힘'이라고 적었듯, '더 많은' 것들 사이에서 '더 적은' 것을 가려내는 역량이 큐레이션의 본질이다. 선별하는 일은 눈에 띄지 않고, 오랜 시간과 지난한 노력을 요하며, 노동량에 비례하는 즉각적인 성과를 맛보기도 힘들다. 하지만 선별이야말로 알고리즘의 데이터 처리 능력이 호락호락 해낼 수 없는 '인간적인 능력'에 좌우되는 영역일 것이다. 넷플릭스사에 영화 한 편을 감상한 뒤 관련된 태그를 36쪽에 달하는 항목으로 정리하는 권태로운 작업을 하는 직원이 있는 까닭이자, 애플사에서 신규 애플리케이션에 대해 까다로운 승인 절차를 두어 무분별한 앱 출시를 제한하는 까닭이기도 하다. 우리 서점 또한 그렇다. 내가 서점 업무에서 가장 많은 공을 들이는 영역은 '어떤 책을 고를지'와 '(그렇게 고른 책을 꽂기 위해) 어떤 책을 서가에서 빼낼지' 고민하는 시간이다. 서가 앞에서 망설이기. 그게 큐레이션에 관해 질문받을 때 내가 정말로 말하고 싶던 '그저 좋은 책을 고를 뿐'의 의미다.

서점을 운영하는 사람을 두고 '서점지기'라고 부르기도 한다. 곧바로 풀이하면 '서점+지기', 즉 '서점을 지키는 사람'이라는 뜻이다. 큐레이션의 어원이 라틴어 큐라레curare (보살피다)라는 점을 생각하면 흥미롭다. 서점을 보살피는 사람이라는 뜻이 다름 아닌 '큐레이터'의 본래 뜻과 맞닿기도 하니까. 그렇다면 큐레이션의 의미가 시대를 건너 진화했듯 '서점지기'의 정의 또한 동시대에 걸맞게 선별의 뉘앙스를 내포할 필요가 있지 않을까. 서점지기가 서점을 지키는 사람이라는 건, 책들의 과잉 속에서 누군가 '좋은 책'을 고를 수 있도록, 가장 먼저 그것을 고르는 사람이라는 뜻에서. 그럼으로써 자신이 일하는 서점뿐만 아니라, 보다 넓은 의미에서 서점이라는 세계를 지키는 사람이 아닐까 하고.

《큐레이션》, 마이클 바스카, 예문아카이브

세월을 품은 보금자리

우리 서점은 2015년 1월에 새로운 모습으로 문을 열었다. 때문에 업력은 60년이 넘었는데도 그 숫자에 견줄 만큼 낡은 분위기는 아니다. 아주 오래 전부터 사용하던 가구나 집기도 있지만, 대부분의 서가와 조명, 무엇보다도 책들은 2015년을 기점으로 새로이 갖추었다. 그래서인지 새 단장을 마친 초창기에는 '여기가 정말 오래된 서점이 맞느냐', '오랜 역사치고는 깔끔하고 모던하다', '오르골 소리를 기대했는데…' 같은 의아함과 아쉬움 섞인 반응을 자주 접했다. 이럴 줄 알았으면 벽돌과 나무 창틀, 빈티지한 가구로 오래된 분위기를 연출할 걸 그랬나, 때 아닌 후회가 들었던 적도 있다.

그때의 나는 새로 단장한 서가만큼이나 어렸고, 세월이 쌓인다는 말에 대해서도 무감각했다. 1년, 2년…, 5년, 6년이 지나며 내 흰 머리카락이 늘어나듯 서점도 서서히 나이 들었다. 사계절의 빛과 어둠을 반복해 머금은 나무 서가의 색은 짙어졌고, 바닥은 손님들의 발길이 닿아 자연스러운 흠집과 얼룩이 생겼고, 선물로 받았던 화분들은 유년 시절을 알아볼 수 없을 만큼 훌쩍 자랐거나 무성해졌다.

성숙해진다는 건 웃음이 줄어드는 것이라고 말해도 좋을까. 서점의 세월도 찬란함만이 계속되진 않았다. 스포트라이트는 매년, 매달, 어딘가에 새로 생겨나는 서점으로 옮겨갔다. 고가高價의 아름다운 가구들로 채워진 서점, 책과 다른 상품의 경계를 지우며 '라이프스타일을 파는' 서점. 서가 안쪽에선 간접 조명이 은은하게 쏟아져 책에 작품의 오라aura를 부여해주었고, 책은 아치 모양으로 겹겹이 쌓여 화려한 터널로 변신했다. 화면 너머 서점들은 하나같이 우아했고, 감탄사를 연발하는 사이 한편으론 주눅이 들기도 했다. 우리 서점을 세련되거나 모던하다고 평하는 사람들은 점차 적어졌다. 그런 날이면 작동하는 것 자체가 기적에 가까운 낡은 전화기와 촌스러운 꽃무늬 쓰레기통, 시대에 어긋난 수동식 금전함이 유난히 눈에 밟혔다.

일본의 건축가 나카무라 요시후미의 《집을 생각한다》는 "좋은 집이란 무엇일까?"라는 질문에 열두 가지 키워드로 대답을 찾아간다. 그중 열한 번째 키워드는 '세월'인데, 거기엔 건축가가 여행 중 촬영한 한 장의 사진과 그 옆에 덧붙인 짧은 메모가 제시된다. 이탈리아 남부 알베로벨로 거리를 산책하던 중, 한 할머니가 자기 집 앞 돌길을 열심히 걸레질하는 모습을 담은 사진이다. 사진을 보고 처음엔 마냥 놀랄 수밖에 없었는데, 할머니가 길가 청소를 위해 사용한 도구가 손걸레였기 때문이다. 금세 먼지를 흡수해 더러워지는 손걸레는 길을 청소하기에 알맞진 않으므로, 집 앞 돌길에 대한 할머니의 각별한 애정이라고밖엔 해석할 도리가 없었다. 사진 옆에 적힌 작가의 코멘트를 읽고 나서, 건축에서 세월의 중요성을 역설하기 위해 이 사진을 고른 의도가 무엇이었을지 헤아려보았다. 세월은 누구에게나 동등하게 쌓이지 않는다는 것. 세월을 품은 좋은 집이란, 매일매일 그 집을 정성껏 손질하고 보살피는 사람에게 주어지는 선물이라는 메시지를 전하고 싶어서였을 것이다.

세월에 대해서라면 기억나는 장면이 있다. 서점을 새 모습으로 단장하기 이전, 아버지와 어머니 두 분이서 운영해오던 옛 서점 풍경이 떠오른다. 2010년대 들어서는 손님의 발길이 눈에 띄게 줄었던, 낡고 휑뎅그렁했던 서점. 서울에 거주했던 나는 이따금 고향에 간 날이면 두 분께 이제 서점 그만하시는 게 어떻겠냐며 종용하곤 했다. 무슨 고약한 습관이라도 버리라는 것처럼. 물론 두 분은 끄떡없었다. 손님의 많고 적음과 무관하게 꼬박 40년 동안 매일 똑같은 청소를 했다. 밀물이 들고 썰물이 지듯 매일 아침 문을 열었고 매일 저녁 불을 껐다.

서점의 모습은 바뀌었지만 그 장면은 지금까지도 이어지고 있다. 아버지는 매일 대걸레를 들고 바닥을 구석구석 닦는다. 어머니는 하루도 빠짐없이 서점 주변을 돌며 누군가 버리고 간 담배꽁초와 각종 쓰레기를 줍고, 서점 앞뒤의 자그마한 화단을 정성껏 돌본다. 여기에 또 한 명이 추가되었다. 아내는 포장지로 쓰고 남은 자투리 종이까지 잘 모아두었다가 메모지를 만들고, 서점 앞뒤 화단에서 거둔 씨앗들을 가지런히 묶어 손님들에게 선물로 나눠드리기도 한다. 우리 서점 서가의 조형미, 공간의 건축적 아름다움 같은 것은 솔직히 잘 모르겠다. 다만 서점 곳곳에 자연스레 스며들어 있는 내 가족의 하루하루를 알 뿐이다. 매일 주어진 재료를 정성껏 손질하고 세심히 집을 돌보는 세 사람의 풍경이 눈에 보일 뿐이다.

　《집을 생각한다》의 중반부에선 집의 정의를 둘러싼 논쟁을 소개한 끝에 작가가 짤막히 자신의 입장을 덧붙인다. 그는 원초적인 형태의 집, '보금자리'에서 답을 찾는다. 먹이를 구한 동물들이 자기만의 보금자리로 돌아가듯, 우리도 먹고 자는 것을 함께 하는 곳이라면 그곳을 응당 '집'이라고 불러도 되지 않겠느냐고. 한편 손님들이 남기고 간 방명록에서 자주 마주치는 문장들이 있다. "언제 와도 늘 한결같다." "세상은 계속 변하기만 하는데 이곳만은 변하지 않는 것 같다." 여러 후기의 공통된 속뜻은 우리 서점이 마치 변하지 않는 곳처럼 느껴진다는 것일 테다. 시시각각 새 책들이 들어와 서가의 배치가 바뀌기도 하고 새로운 코너가 생기기도 했는데, 왜 그런 느낌이 들었을까. 짐작하건대 세월의 흐름을 비껴간 곳이라기보다는, 이 집을 대하는 변하지 않는 마음과 태도가 어렴풋이 보였다는 뜻 아니었을까. 정말로 그런 서점이라면… 하고 생각했다. 변하지 않는다는 말과 보금자리라는 말을 한 문장 안에 두는 서점이라면. 꾸준히 살아낸 '세월'이면서도 돌아갈 수 있는 '집'인 서점이라면. 대를 이어 매일 똑같은 일을 하고 있는 어떤 가족이 저기에 있어서, 언제든 돌아갈 수 있는 자신만의 보금자리를 떠올릴 수 있는 서점이면 좋겠다고.

《집을 생각한다》, 나카무라 요시후미, 다빈치

2

읽는 마음

우리가 보낸 첫 여름

    3년 전 나의 여름은 '언덕'이었다. 세 살 된 딸아이를 품에 안고 매일 오후 놀이터로 갔는데, 그곳에 다녀오는 길이 마치 기다란 언덕을 오르는 것 같았다. 서점에서 고작 15분 거리였지만, 하루도 빠짐없이 아이를 안고 찌는 더위 속을 왕복해야 했기 때문이다. 아이가 아끼던 하얀 강아지 인형도 함께. 가구 할인 매장, 초콜릿 가게, 칼국수 전문점⋯. 가게 하나를 지나칠 때마다 오르막의 한 구간을 넘는 기분이었다. 이마와 등은 땀에 젖었고, 걸친 옷은 축축해져 점점 무거워졌다. 작은 두 손이 땀으로 미끈거리는 내 목을 꼭 부여잡고 있었다. 힘에 부쳐 주저앉고 싶을 때마다, 자세를 고쳐 잡으며 난데없이 사랑이라는 말을 떠올렸다. 지금에 와서 돌이켜 보면, 놀이터를 향해 비장한 걸음을 내딛던 내 모습에 허탈한 웃음이 난다. 하나 그땐 정말로 그랬다. 먼 훗날 아이가 아빠로부터 받은 사랑을 떠올릴 때면, 여름날 두 손에 닿던 뭉근한 땀의 감촉으로부터 시작하길 바랐다.

누군가 왜 매일 놀이터에 가야 했던 것이냐고 묻는다면, 아내와 내가 아이의 어린이집 입학을 유보했기 때문이었다고 답해야 할 것이다. 단어 몇 개만 겨우 말할 수 있는, 기저귀도 떼지 못한 아이가 낯선 환경에 놓인다는 상상만으로도 지레 두려웠던 탓이었다. 우린 일터에서 아이를 돌보기로 했다. 가능한 시나리오들을 그려보았고, 업무의 틈새에서 밥을 먹이거나 놀아줄 수 있는 몇 가지 구체적인 계획을 세워보기도 했다.

그러나 서점은 애당초 세 살 아이에게 합당한 곳이 아니었다. 서점의 가장 중요한 속성(조용함)과 아이의 가장 중요한 특성(넘치는 에너지, 호기심, 규칙에 대한 미숙함)은 공존할 수 없는 것이었으니까. 아이의 입장에서 보면 서점은 족쇄나 다름없었다. 아직 세 살밖에 되지 않은 녀석에게 나는 참으로 많은 것들을 가르치려고 했다. 소리 질러선 안 돼. 시끄럽게 말해서도 안 돼. 저기 손님이 계시잖니. 책을 마음대로 막 꺼내면 안 돼. 책이 망가질 수 있잖아. 스툴 위에 올라가면 위험해. 서점 안에서 뛰어다니지 말렴. 아이는 서점에서 자주 울었다. 울음을 달랠 때조차 서점이 소란

스러워질까 봐 밖으로 나가 등을 토닥여주곤 했던 나를, 아이는 어떤 아빠로 기억하고 있을까. 아이는 서점에서 할 수 없는 모든 것들을 놀이터에서 할 수 있었다. 소리 지르기, 마음껏 웃고 울기, 심장이 쿵쾅거릴 때까지 뛰어다니기. 그러니까 어째서 매일 놀이터에 가야 했던 것이냐고 누군가 묻는다면, 아이가 놀이터를 너무 좋아하기 때문이었다고 도무지 대답할 자신이 없다. 차라리 그곳은 서점이 아니라서, 라고 말할 순 있을지 몰라도.

여름 언덕으로부터 1년 뒤, 한 해가 끝나갈 무렵 휴무일을 두고 온 가족이 의견을 나누는 자리였다. 우리, 그러니까 나와 아내와 딸아이와 부모님까지, 모두 각자의 입장에서 휴일의 필요성을 절감하고 있었다. 6년간 연중무휴로 서점을 운영해왔던 까닭에 우리에겐 퍽 심각한 사안이었다. 뾰족한 수가 보이질 않아 자포자기 심정으로 주중 어느 요일 하나를 정하자고 얘기하던 와중에 아버지께서 운을 뗐다. 일요일을 쉬면 어떻겠느냐고. 가족이 함께 시간을 보내기 위해 휴무일을 만드는 것이라면, 아이가 어린이집에 가지 않는(1년 뒤 아이는 마침내 어린이집에 입학했다) 주말에 쉬는 게 어떻겠냐는 제안이었다. 아내와 나는 뜻밖의 묘안에 그만 벙벙해졌다.

애초에 아이와 시간을 보내기 위해 휴무일을 결심했던 것인데, 왜 지금껏 서점의 입장에서만 요일을 고르느라 애태웠을까. 어느 날 쉬어야 업무상 효율적일지, 손님들의 불편을 최소화할지, 매출에 가장 적은 타격을 입을지… 40년 넘게 서점을 운영해온 부모님도 어렸던 나를 키우며 비슷한 고민을 했을까. 어린 시절, 한 달에 한 번 일요일 저녁이 찾아오면 부모님과 함께 갔던 서점 건너편 경양식집. 부모님과 갔던 여름날의 계곡, 부모님과 떠났던 단 한 번의 해외여행. 그제야 지금껏 내 기억 속 두 분과 함께 보낸 장면들이 어떻게 만들어질 수 있었는지 헤아려보게 되었다. 자라는 동안 당연하다고 여겨왔던 가족과의 소중했던 순간들이 실은 어떤 고민과 결단과 희생을 거쳐 가까스로 내 손에 닿은 것은 아니었을지. 나 모르게 두 사람은 몇 개의 언덕을 넘고 넘었을지.

이제는 여름에 대해 말할 수 있다
흘러간 것과 보낸 것은 다르지만

지킬 것이 많은 자만이 문지기가 될 수 있는 것은 아니다

문지기는 잘 잃어버릴 줄 아는 사람이다

-p134,〈열과裂果〉

일요일을 휴무일로 정하면서 잃어버릴까 근심했던 것들을 정말로 잃어버리게 되었다. 일주일 중 가장 매출이 높은 하루를 잃었고, 쉼 없이 흐르던 일과의 선로가 끊겼다. 월요일에 찾아오신 손님들에게 어제 헛걸음했다는 이야기를 들으며 고개 숙여 양해를 구했다. 휴일은 계산이 정확한 대부업자처럼 내게서 그것들을 빼앗아갔다. 무언가를 잃은 대신 내가 얻은 것은 3년 전 여름에 대한 발언권이었다. 뒤돌아본 그해 언덕에는 작은 여자아이와 그를 꼭 안은 아빠가 있다. 아이만 자주 울었던 거라고 생각했는데, 이제 와 보니 땀에 젖은 아빠의 얼굴도 침잠해 있다. 우는 아이를 품에 안은 채 그가 꼭 부여잡고 있던 것은 무엇이었을까. 놀이터의 다른 엄마, 아빠들도 각자의 언덕을 오르고 있었을까.

올 여름 아내와 나, 딸아이까지 우리 셋은 매주 일요일 바다로 향했다. 가까운 바닷가에서 먼 바닷가로, 가늘고 흰 모래가 있는 곳에서 노랗고 굵직한 모래가 있는 곳으로. 아이는 폭염에도 장

마에도 아랑곳하지 않고 매주 바다에 가길 원했다. 얕은 물에서 바위게, 소라, 성게를 찾았고, 부드러운 파도에 몸을 맡긴 채 다리를 저어 앞으로 나아가는 법을 배웠다. 바위 사이사이에 붙어 살랑거리는 해초를 한참 동안 넋 놓고 바라보다가, 첫 여름이라는 생각이 들었다. 올여름, 우리 셋은 첫 여름을 보내고 있다. 흘러간 것과 보낸 것이 다른 의미라면, 후자의 의미로.

《여름 언덕에서 배운 것》, 안희연, 창비

부부 싸움 중에 죄송하지만
책 좀 추천해주시겠어요?

아내와 나는 결혼 6년차, 함께 서점을 운영한 지도 6년째다. 여느 부부와 마찬가지로 우리도 부부 싸움을 한다. 주기를 평균 내긴 영 어렵다. 어떨 땐 한두 달은 거뜬할 정도로 따사로운 봄날이 영원할 것 같다가도, 하루 만에 판가름이 나질 않거나 일주일에 두 번 넘게 다툴 때도 있었다. 6년간 우리 부부 사이를 꾸준히 지켜온 무언가를 꼽아보려면, 서로를 향한 애정과 존중이라는 앞면 못지않게 부부 싸움이라는 뒷면도 있음을 말해야 할 것이다.

우리의 부부 싸움을 인물, 사건, 배경이라는 3요소로 바라본다면, 거기서 가장 주목할 만한 요소는 '배경'이다. 이유인즉슨 부부 싸움이 펼쳐지는 무대가 대체로 서점이기 때문이다. 일주일 중 6일을 열고(결혼 4년차까진 7일이었다), 영업시간이 하루 열두 시간인 까닭에 집에서는 좀처럼 다툼이 벌어지지 않았다. 잠에서 깨어 있는 시간 중 절대적으로 많은 시간을 서점에서 보내다 보니 어떤 사건이든 그곳에서 발생하는 게 자연스러운 일이기도 했다. 다툼은 서점 안에서도 카운터에서 벌어지는데, 다행이라고 해도 좋을지 모르겠지만 일터이자 가게라는 장소성 덕분에 언성을 높인 적은 없었다. 절제된 보컬리스트처럼 감정이 복받치는 상황에서도 최대한 일상적 대화에서 벗어나지 않은 음역대를 유지하고자 안간힘을 쓰는 우리였다.

물론 아무리 그런 노력이 있었다고 한들 종종 손님에게 들켰을 것이다. 겸연쩍은 표정이나 갈 곳 잃은 눈동자, 괜한 헛기침 같은 제스처는 손님이 의도했든 그렇지 않았든 그도 이 무대에 있음을 상기시켜주는 장치였다. 책을 계산하거나 찾는 책을 문의하러 누군가 카운터로 다가올 때면, 우린 마치 이 다툼을 지속할 하등의 이유도 없다는 듯 그를 향해 동시에 고개를 돌렸다. "어떤 책을 찾으세요?" "계산해드릴까요?" 그렇게 손님이라는 제3자의 개입이 일어나는 순간 사건은 잠시 멈추거나 아예 종료되기도 하는데, 그래서인지 지나고 보면 부부 싸움이 벌어지는 이 무대가 싫다기보다는 도리어 고맙기까지 하다. 잘잘못이 어떻든 내 의지 바깥에서 작용하는 관객의 존재가 우리 부부의 다툼을 멈춰주었으니까.

　그날도 카운터에서 아내와 말다툼이 벌어졌다. 한 손님이 카운터로 다가왔다. 두툼한 뿔테 안경을 쓴, 지적이고 섬세한 인상을 풍기는 남자였다.

　"안녕하세요. 저, 혹시 책 좀 추천해주시겠어요?"

　부부 싸움 도중 졸지에 책 추천이라니. 잠시 의식이 혼미해지며 명쾌한 대답이 나오질 않았다. 거울을 보진 않았지만 내 표정은 웃는 것도 우는 것도 아닌 채 괴상하게 일그러졌으리라. 여긴 어디이고, 나는 누구인가. 손님의 입가에 묻은 엷은 미소로 보건대 우리의 부부 싸움은 조금도 알아채지 못한 모양이었다. 정신차리자. 여긴 서점, 나는 서점 주인이다. 말다툼엔 잠시 책갈피를 꽂아두고, 어서 눈앞의 신사에게 책을 추천해드려야 했다.

　처음엔 이런 기분으로 제대로 책을 골라드릴 수 있을까 무력감이 들었지만, 손님과 얘기를 나누다 보니 차츰 마음이 진정되며 책 얘기에 빠져들기 시작했다. 그는 내게 자신의 독서 내력을 일러주었고, 책 읽기에 관한 사사로운 고민 상담을 했다. 자연스레 손이 닿는 책들로만 읽다 보니 자꾸 한 가지 분야에만 매몰되기 일쑤였다는 것, 이에 새로운 장르로 발을 넓히고 싶다는 내용이었다. 사전 정보 없이 소설에 도전했다가 실망한 적이 많았던 터라, 내가 읽은 소설 중에서 추천받고 싶다고 했다. 나는 즐겨 읽은 몇 권의 소설을 서가에서 꺼내 보여드렸는데, 그중 한 권이 줌파 라히리의 《축복받은 집》이었다.

순전히 우연이었다. 그러니까 《축복받은 집》을 꺼낸 것 말이다. 지금껏 재밌게 읽은 소설이 뭐가 있을까 이리저리 살펴보다 일순간 눈에 들어왔을 뿐이었다. 그는 들어본 적 없는 작가 이름이라며 흥미를 보였다. 나는 책의 첫 번째 단편, 〈일시적인 문제〉의 줄거리를 그에게 설명할 참이었다.

"결혼 3년차인 어떤 부부가 있는데요. 이 부부는 몇 개월 전 아이를 유산한 이후로 관계가 소원해졌어요. 거의 대화도 하질 않고 서먹서먹하게 각자의 삶만 살아가던 중이었는데, 어느 날 눈보라로 망가진 전선 보수 문제로 며칠 동안 저녁에 전기를 쓸 수 없게 된 거예요. 하는 수 없이 저녁마다 촛불을 켜고 식사를 하게 됐어요. 갑자기 찾아온 어둠과 정적 때문이었는지 부부는 오랜만에 서로 얼굴을 마주하고 대화를 나누게 되었지요. 둘은 시시한 비밀 얘기를 시작하게 되었어요. 지금까지 서로에게 저질렀던 사소한 거짓말을 번갈아가며 하나씩 이야기하는, 일종의 진실 게임이었죠. 남자는 어릴 적 시험에서 부정행위를 했던 얘기나 아내가 임신한 동안 몰래 야한 사진을 보관해둔 얘기 같은 걸 했고, 여자는 시어머니와 밥을 먹지 않으려고 야근을 한다고 거짓말을 하고는 친구와 술을 마시러 갔다는 얘기 같은 걸 했지요. 하루 이틀 하다 보니 부부는 몰랐던 비밀이 하나씩 밝혀지는 그 시간을 은근히 즐기게 되었어요. 그리고 정전의 마지막 날, 어떤 얘기가 나왔냐 하면요…."

이야기를 끝맺으려는 찰나에 그만 멈칫했다. 무심코 소설의 결말까지 말할 뻔한 사실에 아차 싶었다기보다는, 막 부부 싸움을 하던 도중 손님에게 소설 속 부부의 문제를 이야기하고 있는 나 자신이 희극을 비극으로 착각한 어리석은 배우처럼 느껴졌다고 해야 할까.

그는 망설임 없이 《축복받은 집》을 데려갔다. 이윽고 나는 아내에게 다가갔고, 내 반대쪽을 향해 차갑게 굳어버린 두 어깨에 손을 올리며 미안하다고 사과했다. 아내는 고개를 저으며 괜찮다고, 사실은 자기가 잘못한 거라고 말했다. 당신은 한결같다.

언제나 사과할 준비가 되어 있고, 늘 화해를 원하고 있다. 자리에 앉았더니 쪽지 하나가 놓여 있었다. 손님과 얘기를 나누는 동안 아내가 써놓은 것이었다.

"가끔 진심이 아닌 채로 다툴 땐 눈물이 나요. 미안해요."

소설 속 '일시적인 문제'는 망가진 전선으로 인한 정전이라는 문제이기도 하지만, 부부 사이에 일어난 어떤 감정의 균열을 두고 하는 말이기도 할 테다. 부부 싸움의 당사자는 왜 그 다툼이 일시적인 문제라는 것을 알지 못할까. 지나가버릴 장대비라는 걸 알면서도 그 순간 젖어버린 감정과 시시비비가 더 중요하다고 여겨서일까. 어떤 다툼이 있더라도 제일 먼저 줌파 라히리의 《축복받은 집》과 그 책을 사간 손님의 흡족한 미소와 책상에 놓여 있던 아내의 쪽지를 떠올린다면, 그저 일시적인 문제일 뿐인 지금의 부부 싸움도 슬기롭게 통과할 수 있을까.

《축복받은 집》, 줌파 라히리, 마음산책

한 톨의 마음

　수년 전, 한 유명 작가에게 편지를 쓴 적이 있다. 우리 서점에 오셔서 '북토크'를 해달라는 제안을 담은 장문의 편지였다. 커다란 산불이 속초를 휩쓸고 지나간 직후라 서점도 길가도 유독 썰렁하던 봄날이었다. 편지의 앞부분에선 도시의 침체된 분위기를 묘사했고, 후반부에선 그의 손길을 향한 간절함이 느껴질 수 있도록 면밀하게 구성했다. 며칠, 몇 주, 몇 달이 지나도 답장은 오지 않았다. 당연하게도 북토크는 성사되지 않았다.

　답장을 기대했던 건 아니었기에 그분에 대한 원망 같은 건 조금도 없었다. 오히려 나 자신에 대한 부끄러움이 마음 깊은 곳에서 생겨났는데, 날이 갈수록 수치심의 농도가 짙어져 그분의 책 앞에서조차 고개를 들기 힘든 지경에 이르렀다. 속초에 산불이 나서 경기가 침체된 것과 그분이 대관절 무슨 상관이란 말인가.

승낙을 하더라도 거절을 하더라도 부담을 지우는 부탁이라는 것을 그땐 왜 몰랐을까. 무엇보다 왜 우리 서점이어야 하는가. 자연재해로 인해 침체된 경기에 도움을 주고자 누군가 온다면, 왜 우리 서점만이 그 혜택을 누려야 하는가. 수치심과 자책의 끝에 마주한 것은 내 마음에 똬리를 틀고 있던 욕심이었다. 시간을 되돌리고 싶었다. 시간여행의 기회가 내게도 온다면, 나는 주저 없이 내가 쓴 편지를 찢으러 그때로 돌아갈 것이다.

시간을 되돌릴 수 있다는 가정假定은 많은 이들을 매혹시킨다. 조금 더 과학적이거나 조금 더 낭만적이거나 하는 방향의 차이는 있지만 시간여행을 소재로 한 픽션이 그토록 많은 까닭이기도 할 테다. 나의 경우 샤워를 하는 도중이나 잠들기 직전, 거의 매일 그런 터무니없는 망상에 사로잡히곤 한다. 시간을 되돌릴 수 있다면… 아직 서점이 익숙지 않았을 그 아이에게 조금 더 다정히 대해줄걸. 지금껏 내가 상처를 준 사람들에게 다르게 말하고 조금 더 사려 깊게 그들의 말을 경청했을 텐데. 만성적인 허리 통증이 찾아오기 전에 바른 자세로 앉는 일에 주의를 기울였을 텐데. 먼 옛날 수학 마지막 문제 답안지에 3번이 아닌 5번이라고 적었을 텐데! 때때로 타이머를 8년 전으로 설정해보기도 한다. 이른 아침 돌연히 전화벨이 울리고, 아버지는 내게 묻는다. "서점 해볼 생각 있느냐." 나는 뭐라고 대답할까. 그 후 내게 일어난 모든 일을 알고도 내 입은 똑같은 대답을 발음하게 될까, 아니면 고개를 젓고 미지의 삶을 향해 발을 내딛게 될까.

모르긴 몰라도 '시간을 되돌릴 수 있다면…' 하고 가장 열렬히 소망한 사람은 영화 〈박하사탕〉의 주인공("나 돌아갈래!")보다도 나쓰메 소세키의 《마음》에 나오는 '선생님'일 것이다. 그는 한순간의 마음이 저지른 잘못으로 돌이킬 수 없는 끔찍한 파국을 맞닥뜨리고, 그로 인해 평생을 죄의식과 자신에 대한 혐오감에 사로잡혀 산다. 그의 가슴에 아로새겨진 후회의 윤곽은 3부 중 마지막인 〈선생님의 유서〉에 이르러 비로소 드러난다. 대체 왜 '선생님'은 세상에 나오질 않고, 인간을 향한 뿌리 깊은 불신을 지닌 채 살아가는 걸까, 라는 질문에 대한 100쪽짜리 답장. 사랑하는 여자의 마음을 한순간 의심하고, 존경하는 친구를 한순간 질투하고, 급기야는 어느 쪽으로도 용기를 내지 못한 비겁한 마음이 내뱉은 한순간의 말들. 그 말들로 인해 친구는 스스로 목숨을 끊고, 여자는 평생을 모호한 슬픔 속에 살아가며, '선생님'은 죄의식과 후회로 그늘진 삶을 연명하다 끝내 자살한다. 나는 '선생님'의 장황한 유서에서 '시간을 되돌릴 수 있다면…'이라는 서글 픈 욕망을 읽는다. 시간여행을 다룬 수많은 이야기들과는 달리, 이 소설은 시간여행에 대한 일말의 언급 없이도 그것을 떠올리 게끔 한다.

시간여행이란 후회가 자아낸 망상일까. 제아무리 첨단 기술 과 복잡한 물리 법칙으로 무장한 그럴싸한 시간여행 이야기도, 주체가 인간이든 슈퍼히어로든 상관없이, 그 살점을 발라내고 보면 후회라는 앙상한 뼈대만이 남는 듯하다. 그때 내 아이를 구 할 수 있었다면, 그때 그이에게 이 말을 전했더라면(혹은 반대로 그 말을 하지 않고 침묵했더라면), 그때 여섯 개의 돌을 모아 미리 악 당을 처치했더라면. 그에 반해 《마음》의 '선생님'은 시간여행이 라는 비교적 손쉬운 대안(혹은 소망)을 택하지 않고, 자신의 마음 에 일었던 일순간의 파동을 냉정히 바라보고, 엄중히 수긍한다. 그것이 한 톨의 마음임에도 불구하고 말이다. 누구나 잠시 동안 아무도 몰래 비밀스러운 마음을 품을 수 있는 세상이기에, 선생 님이 보여준 자신의 마음에 대한 올곧은 책임은 그 비극적인 끝 맺음과 함께 처연한 교훈을 남겨준다.

나를 만든 나의 과거는 극히 개인적인 경험으로 나 이 외의 다른 사람은 어느 누구도 말할 수 없는 것이었으니, 모든 걸 숨김없이 토해내기 위해 들인 나의 노력은 한 인간을 조망할 수 있다는 점에서 자네에게나 다른 사람에게나 헛수고가 아니라고 생각하네. −p354,《마음》

'선생님'이 옳았다. 그의 유서는 헛수고가 아니었다. 나는 그 한 톨의 마음에 대해 생각한다. 그가 결단코 용납할 수 없었던 자신의 마음 한 톨을 나는 얼마나 자주 묵인하고, 용납하고, 외면해왔을까. 타인의 한 톨에는 몸서리치면서도 수많은 내 것들을 이미 지난 일이라고 고개를 돌리면서. 후회는 마음의 그림자이면서도, 그림자 속 심연을 마주할 기회를 준다. 그러므로 나는 편지 쓴 일을 후회하면서도 더 이상 시간을 되돌리길 바라지 않기로 한다. 편지를 찢지 않기로 한다. 끝까지 응시해야 할 것이다. 거기에 담긴 내 한 톨의 마음까지도 놓치지 않고.

《마음》, 나쓰메 소세키, 문예출판사

스스로 답을 찾을 때까지

7년 전 서점 일에 뛰어들며 가장 먼저 한 일은 책을 분류하는 것이었다. 대분류에서 소분류로, 소분류에서 하위분류로. 문학과 예술, 자연과학과 사회과학, 실용서와 만화책 등 거칠게 서가의 범주를 나눈 뒤 문학 > 소설 > 장르소설 > 미스터리 같은 식으로 한 분야씩 서가를 칸으로 분할했다. 서점을 새로 단장하며 초도 주문한 2만 권의 책을 정밀하게 분류해서 가지런히 책장에 꽂는 데까지 두 달가량이 걸렸다. 아침부터 밤까지 아버지와 둘이서 이렇다 할 대화도 없이 오로지 책을 서가에 꽂던 날들이었다.

밤 한두 시경이 되어서야 창가에 앉아 커피를 마시며 겨우 한숨 돌리던 그때의 심경을 후에 아버지는 이렇게 회고했다. "주위는 전부 어둠에 묻혀 있고 오직 우리 서점 안만 환하게 밝았는데, 그 순간 절해의 고도에 떨어져 책의 바다 속으로 가라앉는 듯한 느낌을 받았다." 한쪽 구석에 사다리를 타고 올라 책을 꽂다 뒤를 돌아보면 대각선 방향 멀리서 책을 꽂고 있는 아버지의 뒷모습이 보였다. 거리엔 사람도 자동차도 다니지 않았으므로 '책의 바다'라고 불러도 무방했다.

그런 나날이 꼬박 한 달을 넘기자 아버지는 체력의 부침을 느끼셨는지 퇴근 시간을 조금씩 앞당기기 시작했다. 마감은 두 시에서 한 시로, 한 시에서 열두 시로 바뀌었다. 나는 그 많은 책들이 하루빨리 서가에 완전하게 꽂히지 않는 이상 서점도, 내 삶도 제대로 시작할 수 없을 것만 같던 스물아홉이었다. 열두 시가 가까워 오면 아버지는 어둠이 내려앉은 눈꺼풀을 하고 내게 말했다. "오늘은 여기까지만 하자." 수많은 책들이 주는 설렘과 여전히 빈 서가가 주는 두려움이 뒤섞인 마음을 주체할 수 없었던 나는 그런 아버지의 제동에 반발심부터 들었다. '이렇게 많이 남았는데 벌써 멈춰야 한다니… 자신의 일에 너무 무책임하신 것 아닌가.'

정영목의 《완전한 번역에서 완전한 언어로》는 20여 년간 200

여 권을 꾸준히 번역해온 저자의 겸양한 번역론을 엮은 책이다. 책의 앞부분을 이루고 있는 인터뷰에서 그는 "어찌 보면 세상 모든 일이 번역일지도 모르죠"라며, 세상의 일들과 번역이 같은 이치에 닿아 있다는 의견을 조심스레 피력하는데, 나는 슬그머니 '세상 모든 일'이라는 말을 '서점 일'로 바꿔놓는다. 서점 일 전체를 번역에 빗대는 건 순진한 생각일지라도, 적어도 '책을 분류하는 일'만은 번역과 유사한 프로세스를 갖지 않나. 저자의 작품이 독자의 시선에 닿을 수 있도록 텍스트를 해석하고 분류하는 작업과, 출발어(외국어 화자의 작품)를 도착어(독자의 언어)로 바꾸는 번역의 작업이 닮았다고 보는 건 나 혼자만의 착각일까.

사소한 한마디에서 시작된 생각이었다. 그냥 지나쳐도 좋을 말, 모르긴 몰라도 저자 스스로도 큰 의미를 두지 않고 말했을 말 앞에 멈춰 섰다. 자신이 번역한 책들 중 개정해 번역하고 싶은 작품이 있냐는 인터뷰어의 질문에 그는 '전부 다'라고 대답하며 다음과 같이 덧붙인다. "저한테 한정 없이 잡고 있으려면 한 책을 갖고 끝도 없이 고칠걸요?"(p32) 책 속엔 분명 더 힘주어 말한 문장도 있고 오랜 사유가 빚어낸 빛나는 문장들도 가득한데, 어째서 그가 반쯤 탄식하듯 내뱉은 저 말이 내 마음에 박히고 만 것일까.

　'끝도 없이'는 영원하다는 뜻이다. 그가 쓱 내뱉은 한마디에
서, 자신의 업業을 '영원히' 떠맡은 한 사람의 소명의식을 엿본다.
얼른 일을 끝내고 쉬고 싶은 게 아니라, 이 일을 완벽히 해내려
면 끝이 보이지 않는 아득함 속으로 걸어가야 한다는 사뭇 비장
한 선언처럼 들린다. 한편 '허락한다면, 끝도 없이 고칠 것이다'
라고 말했다는 건, 그가 어느 지점에선가 타협해 일을 마쳤음을
상기시킨다. 그 지점이란 계약 기간일 수도, 육체적 한계일 수도
있고, 둘 다이거나 그 밖의 다른 무엇일 수도 있다. 그러나 한계
앞에서의 체념은 그를 겸허히 다음 작업으로 인도하고, 나아가
더 훌륭한 작업을 가능하게 한다. 저 짧은 한마디가 품은 업에
관한 모순된 두 가지 태도에서 나는 지혜로운 스승의 전언을 듣
는다. "네가 더 잘할 수 있다고 해도 너는 어디에선가 멈춰야 한
다. 하지만 그건 끝이 아니다. 네 스스로 답을 찾을 때까지 영원
히 네 일을 해라."

　업을 대하는 아버지의 태도에 의구심을 품었던 밤들은 다시
밝아온 아침들에 의해 서서히 옅어져 갔다. 타협이었든 체념이

었든 간에, 어떻게든 밤이 지나고 다음 날 아침이 밝으면 그날의 새로운 일이 시작되었다. 보이지 않던 책이 새로이 눈에 들어오기도 했고, 실수나 오인으로 잘못 분류했던 책들을 발견해 제자리를 찾아주기도 했다. 그때 나는 몰랐던 것이다. 이 일이 오늘 밤에 끝나는 게 아니라는 것을. 내일 아침에도 문을 열어야 한다는 것을. 파스칼 키냐르가 "세상의 모든 아침은 다시 오지 않는다"라고 말했을 때 아침이란 이런 의미였을까. 막다른 밤을 보내고 나면 거짓말처럼 새로운 하루가 시작된다는 뜻에서. 매일 어떤 한계 앞에 멈춰 서면서도, 그 한계를 넘어서 완전함에 도달하는 것을 포기하지 않는 마음을 지니라는 의미에서.

《완전한 번역에서 완전한 언어로》는 우리 서점 서가에 '장인정신craftsmanship'이라는 분류로 꽂혀 있다. 번역가가 실제로 그렇게 말했던 까닭도 있다. "저는 번역이 아트art인지는 모르겠지만 크래프트craft는 되는 것 같아요."(p38) 누군가 '장인정신' 서가 앞을 서성이다 이 책을 발견하고는 "웬 번역 책이 여기에?" 하며 책이 잘못 꽂힌 것 같다고 내게 일러준다면, 나는 이 책으로부터 장인정신을 배웠다고밖엔 대답할 도리가 없다. 날이 저물고 밤이 오면 문을 닫고, 다시 아침이 밝으면 문을 연다. 매일 아침엔 그날의 새로운 책들이 나를 기다리고 있다. 그게 내가 멈춰 서는 곳이다. 한정 없이 하고 있으라면 한 책을 갖고 끝도 없이 여기 꽂았다 저기 꽂았다 반복할 테니까.

《완전한 번역에서 완전한 언어로》, 정영목, 문학동네

얼룩을 지우는 법

여느 날과 다를 것 없던 오후, 서점으로 책을 주문하는 전화가 걸려왔다. 수화기 너머 손님이 찾는 책은 중국의 명문을 엮은 전문 서적이었다. 나는 으레 전문 서적을 주문받을 때 그렇듯 입고까지의 다소 긴 소요 기간에 대해 말씀드릴 참이었다. 멈칫하게 된 건 그의 물음 때문이었다.

"그래서 뭐 얼마나 걸리는데요? 몇 년 걸려요? 아니면 몇 달?"

순간적으로 그의 발화 의도를 파악하는 데 실패했다. 몇 초 동안의 침묵으로 구겨진 마음을 반듯하게 펴고 나서, 책이 오기까지 4~5일 정도, 주말이 끼면 길게는 일주일 정도 걸릴 수 있다고 말씀드렸다. 내게는 긴 시간처럼 느껴졌고, 아마도 손님에게는 잠깐이었을 통화가 끝났다.

돌이켜 보면 책이 오기까지 몇 년이 걸리느냐는 그의 물음은 비아냥거림일 수도 있지만, 실없는 농담일 수도 있다. 혹은 유머가 반쯤 섞인 빈정거림일 가능성도 없진 않다. 내 마음의 문제도 무시할 순 없을 터. 전화 받기 직전 업무가 몰려 신경이 곤두섰을지도, 누군가 찾는 책을 물어보려고 눈앞에 서 있어서 신속히 통화를 마쳐야 한다는 압박감을 느꼈을지도 모를 일이다. 무례함을 인지하는 일은 옷에 얼룩이 묻는 것과 같아서, 한번 묻고 나면 어지간해선 지워지지 않는다. 서점에서 일하는 동안 반복해 겪는 무례함의 얼룩이 나도 모르는 사이 마음 깊이 번져갔다. 지우지 못한 감정들은 차츰 마음의 크기를 넘어 밖으로 흘러넘쳤다. 말투가 필요 이상으로 건조해지기도 했고, 타인에 대해 까닭 모를 경계심으로 눈매가 서늘해지기도 했다.

심리적 도움을 구하려는 목적으로 책을 읽어본 적 없는 나였지만, 알 수 없는 절박함에 떠밀려 자기계발서 몇 권을 펼쳐보기도 했다. 인간관계의 문제를 다룬 책들은 하나같이 매혹적인 주장을 펼치고 있었다. 제각기 다른 표현 방식으로 다른 사례를 다루고 있었음에도, 하나로 수렴되는 공통된 메시지가 읽혔다. '누군가 너를 무례하게 대했다면, 더 이상 그걸 참고만 있지는 마.' '너 자신의 마음을 잘 지켜내. 너를 존중하지 않는 상대에게까지

네가 잘 해주려고 애쓸 필요는 없어.' 한두 쪽을 넘기는 동안에는 그간의 굳은 마음이 누그러지는 듯도 했지만, 왼쪽으로 넘어간 페이지가 두터워질수록 어째서인지 진심으로 몰입되질 않았다. 해답이 너무 쉽고 명쾌했기 때문이다.

김현경의 《사람, 장소, 환대》는 사회를 구성하는 요소를 사람, 장소, 환대라는 세 가지 개념으로 정의한다. 다른 사람들로부터 '사람으로 인정받는 일'(사람)과 자신만의 '사회적 영토를 얻는 일'(장소), 그리고 '환대'. 앞의 두 조각은 환대라는 세 번째 조각을 통해 연결된다. 수년 전 처음 읽었을 땐 흥미로운 책이라는 정도로 생각하며 빠르게 훑고 말았는데, 무례함과 친절함 사이에서 허우적대던 와중에 다시 읽은 책은 자기계발서가 좀처럼 다루지 않는, 인간관계에 대한 심층으로 나를 이끌었다.

내 문제의 뿌리는 지금껏 '환대'와 '증여'를 혼동해왔다는 데에 있었다. '환대'를 한 사람이 다른 사람에게 베푸는 호의, 조건부로 행해지는 선의라는 개념으로 인식해왔던 것이다. 하나 그것은 환대라기보다 증여에 가깝다. 증여는 사람과 사람 사이의 개인적인 친밀 관계를 토대로 하는데, 여기서 중요한 것은 증여가 상대의 인정을 얻는다는 점이다. 분명한 대가를 바라고 한 일이 아니더라도 그것을 줌으로써 (알게 모르게) 타인의 인정을 획득하는 것이 증여의 속성이다. 얼마 전 나는 한 귀여운 꼬마 손님에게 부채를 선물로 주었다. 아이의 어머니는 나를 보며 환히 웃으셨는데, 미소의 의미는 다음과 같다. "이렇게 친절을 베푸시다니, 정말 좋은 분이네요." 그런 의미에서 자기계발서의 주장('누군가 너에게 무례하게 굴었다면 너도 그에게 친절할 필요가 없다') 또한 환대가 아닌 증여의 논리를 따른 것으로 보인다. 그 주장의 기저에는 환대에 대한 이런 전제가 깔려 있으니까. '나의 환대는 상대(상대의 말투, 상대의 행동)에 따라 베푸는 것이지, 마르지 않는 샘처럼 누구에게나 무조건적으로 줄 수 있는 것이 아니야.'

위와 같은 증여로서의 환대와는 판이하게,《사람, 장소, 환대》는 환대를 뜻하는 영어 단어(hospitality)의 또 다른 의미인 '우호 友好'에서 실마리를 찾아보자고 제안한다. 적대를 거두어들이고, 친구가 될 가능성을 열어둔다는 의미로서의 우호. 그 말 앞엔 '절대적'이라는 형용사가 생략되어 있다. 적대를 절대적으로 거두어들임으로써, 친밀해질 가능성을 절대적으로 열어둠으로써 성립되는 환대. 절대적 환대는 그 말이 불러일으키는 느낌, 다름 아닌 나의 사적인 공간을 내어주고 내가 소유한 것들을 무조건적으로 베풀어야 한다는 헌신적 증여와는 거리가 멀다. 오히려 이렇게 말해야 할 것이다. 절대적 환대란, 내가 이 세상에 태어나 순조롭게 안착할 수 있었던 까닭을 기억해내는 것이고, 그와 동시에 눈앞의 타인 역시 이 세상 속 그의 자리에 평온하게 앉을 수 있는 '절대적인' 권리가 있다는 사실을 상기하는 것이라고. 절대적 환대는 세 가지 조건으로 이루어져 있다고 저자는 덧붙인다. '신원을 묻지 않는 환대'일 것, '보답을 바라지 않는 환대'일 것, 마지막으로 '복수하지 않는 환대'일 것.

이따금 서점에 오는 손님 중에 소위 '광인狂人'이라고 일컬어지는 여성이 있다. 목욕 바구니에 소지품과 온갖 잡동사니를 넣고 다니는 그는 이런저런 책을 마구 들춰보며 혼잣말을 하거나, 이따금 허공에 대고 버럭 하며 대상이 불분명한 화를 내곤 한다. 같은 시간 서점에 있는 사람들은 그가 '뭔가 다르다'는 것을 깨닫고 자리를 피하기까지 그리 오랜 시간이 필요하지 않다. 그를 좋은 사람이나 친절한 사람으로 여기는 이는 아무도 없다. 차라리 그는 '~한 사람'이라는 수식의 자격으로부터 박탈되어 있다. 그는 환대받고 있지 못하다. 그에 대한 암묵적인 추방의 시선은

광인에 대한 낙인과 배제의 긴 역사 위에 놓여 있을 것이다.

  타인의 무례와 몰상식, 타인이 주는 불쾌함을 이야기할 때 두
가지 질문을 스스로에게 던져보기로 한다. 혹시 나는 그 사람의
신원(옷차림과 몸짓, 말투 등으로 파악할 수 있는 정보)을 의식하고 있
진 않은가. 그렇다면 그는 일상적으로 자신의 존재를 부인당하
고 있거나, 누군가에게 도움의 손길을 뻗고 있는 것은 아닌가.
앞의 질문을 통과했다면 두 번째 질문을 던질 차례다. 타인의 무
례함에 대처하는 나의 말과 행동이 그 사람을 '사람'으로서 인정
하는 일에 위배되고 있진 않은가. 다시 말해, 절대적 환대의 세
가지 원칙을 위배하고 있진 않은가. 무례함 앞에 무너지거나 굴
복하지 않되, 날카로운 적대심 또한 품지 않고, 가만히 생각해본
다. 나는 어떻게 이 세상에 오게 되었을까. 거기엔 내가 헤아릴
수 없는 수많은 사람들의 절대적 환대가 있었다.

《사람, 장소, 환대》, 김현경, 문학과지성사

성장통의 맛

    속초의 맛은 내 일상에 얼마나 스며들어 있을까. 오랜 시간 속초의 특산품이자 상징으로 자리매김해온 오징어. 각종 신선한 해산물과 회, 잘게 썬 채소를 고추장에 버무린 뒤 물을 부어 먹는 물회. 정성껏 손질한 가자미나 명태를 좁쌀, 찹쌀 등을 넣고 곡식으로 발효시킨 식해食醢. 식어도 먹기 좋은 매콤달콤한 닭강정. 그러나 먹을거리를 보통의 나날을 이루는 끼니로 한정 짓는다면, 나의 먹을거리가 위에 나열한 '속초의 맛'과 온전히 포개지는 건 아닌 듯하다. 일터에서 해결하는 식사가 한국 어디서나 맛볼 수 있는 보편적인 음식인 건 물론이거니와, 집밥에 생선을 자주 올린다고 해도 속초만의 고유한 맛을 담고 있다고 보기엔 자못 평범하다.

    딱 한 가지 점심으로 종종 먹는 음식 중에 누구나 인정하는

'속초의 맛'이 있긴 하다. 7년 전 고향으로 돌아와 서점 일을 시작했을 때, 여느 날처럼 점심 메뉴를 고민하던 중에 아버지께서 말했다.

"냉면 먹을까?"

10년 가까이 타지 생활을 했던 탓인지 순간 그 물음이 '물'과 '비빔'의 양자택일을 묻는 거라고 착각했다. 속초의 냉면은 그런 선택지를 가리키는 게 아니었다. 고구마 전분으로 만든 가느다랗고 쫄깃한 면 위에 숙성시킨 명태나 가자미 등의 회무침을 고명으로 올리는 '함흥냉면'. 속초에 정착한 실향민들이 만들어 먹은 데서 비롯되었다고 전해져, 가장 대표적인 속초 음식이자 실향민 음식으로 일컬어진다. 회무침을 면으로 둘둘 말아 빨아올린 뒤, 끊어질 듯 좀처럼 끊어지지 않는 질긴 면발과 씨름해야 하는 희한한 별미. 혀의 아릿함과 턱 근육의 욱신거림에서 그제야 속초에 돌아왔다는 사실이 입속까지 실감이 났다. 맛에는 어떤 시절이 담겨 있기라도 한 걸까. 지금도 함흥냉면을 먹을 때면 10년 만에 고향에 다시 돌아왔던 그때, 서점 일을 막 시작했던 그 시절의 흥분과 불안이 아른거린다. 함흥냉면은 '속초의 맛'이기도 하지만, 나의 '초심의 맛'이기도 하다.

만화 《초년의 맛》은 인생의 첫 시기에 겪는 슬픔과 기쁨, 그로 인한 깨달음과 화해를 음식으로 풀어낸 드라마다. 어린 시절, 엄마는 왜 누군가의 결혼식에 다녀오면 꼭 홀로 부엌에 앉아 된장찌개와 밥을 차려 먹었을까. 가부장적 사고방식으로 인해 손녀보다 손자만을 편애해온 할머니는 왜 성이 난 손녀에게 "오리고기 튀겨줄까?" 하며 똑같은 말밖엔 하지 못할까. 시골집과 어머니가 만드는 곶감으로부터 벗어나 도시에 정착하고 싶었던 취업 준비생은 왜 다시 곶감을 먹게 되었을까. 이 모든 질문에 대한 답은 그들이 다른 이의 막다른 골목을 이해하고, 자기 인생의 설익은 시기를 수긍하는 과정에서 얻어진다.

나의 '초년의 맛'은 뭘까. 20대 중반에 늘 드나들던 학교 앞 작은 술집이 있었다. 길리언 플린의 소설 《나를 찾아줘》 속 '더바The bar'와 똑같은 이름을 가진 그곳은 대학생뿐 아니라 근처의 직장인, 자영업자들을 비롯해 뮤지션, 화가, 안무가 등 각계 예술인들의 아늑한 모임 장소이기도 했다. 화려한 칵테일과 값비싼 위스키, 편의점에선 찾아볼 수 없는 독특한 맥주들이 냉장고 안에 즐비했지만, 지갑이 핼쑥한 대학생 신분이었던 내 손에는 누가 접착이라도 한 것처럼 한결같이 500밀리리터 생맥주 잔이 들려 있었다. 당시 가격은 3000원. 그러니까 만 원이면 무려 석 잔을 마실 수 있는 거였으니, 진짜 어른들 사이에서 주눅 들지 않고 동등하게 떠들 수 있는 이코노미 클래스를 얻은 셈이었다. 나보다 그 술집을 오래 다닌 친구는 내게 정확한 명칭도 일러주었다.

"촌스럽게 생맥주 한 잔 달라고 하는 게 아니고, 오백(500)이라고 부르는 거야. 오백 한 잔."

'오백'을 마시는 일이 대단히 수치스러운 것도 아니었고, 그 맛에 무슨 결함이 있는 것도 아니었다. 딱히 오백에서 벗어나겠다는 결의를 품은 것도 아니었다. 아득하고 막막했을 뿐이었다. 고작 오백에도 정신없이 취해 곧잘 쓰러지던 내 젊은 날과, 꿈에서 깨어나 시간이 흘러도 오백으로 귀결될 것만 같았던 내 삶이. 지금도 묵직한 오백 잔을 손에 잡으면, 맛깔스러운 거품을 입으로 가져가기도 전에 먼저 그때의 맛이 떠오른다. 내 '초년의 맛'은 차갑고 쌉쌀한 맛이다.

얼마 전 신문에서, 20대 대학생이 직접 만든 '능력·성공 공식'에서 대다수가 부모의 경제력과 지위를 가장 주요한 변수로 배치했다는 기사를 접했다. 한편 지금 한국에서 시급하게 다뤄

져야 할 사안은 '공정한 경쟁'이라고 역설하는 이들도 있다. 청년의 대기大氣는 숨 쉬는 것조차 여의치 않은데, 먼지를 치우는 일은 비용이 들고 시간이 들고 끝이 보이질 않는 것만 같다. 아침에 일찍 일어나라는 말, (규칙만은 공정히 마련할 테니) 서로 더 치열하게 경쟁해보라는 말, 오로지 능력으로 승부하고 결과에 승복하라는 말. 이젠 자기계발서조차 램프에 가둬놓은 해묵은 말들이, 누구의 부름을 받은 것인지 명랑하게 날아다닌다.

'초년의 맛'은 인생의 어느 서툴렀던 시절의 맛, 성장통의 맛이다. 그 맛이란 끝날 것 같지 않던 긴 터널을 무사히 건너감으로써 획득하는 맛이라고 할 수 있겠다. 끝이 쉬 보이지 않는 어둠 속에서 미각은 사치이고 허기는 성가시기만 하다. 지금 세상은 청년들에게 초년의 맛을 기억할 권리마저 빼앗아가고 있는 건지도 모른다.

《초년의 맛》, 앵무, 창비

무뎌졌다고 믿었던 마음은

　좋은 에세이 한 권 추천해달라는 말에 이 책을 건넨다면 괴기한 서점 주인으로 오해받을까. 누군가 연필로 빼곡히 칠한 듯한 검회색 표지에, 제목이 무려 《무정에세이》라면. 딱 한 번 그랬던 적이 있다. 동그랗고 조그만 안경을 쓴 예술가 느낌의 남자분 부탁이었다. 아내에게 선물할 책을 고르고 싶다고 했는데 한 가지 고려할 점이 있었다. 아내가 직업상의 이유로 책을 많이 읽기 때문에 편히 휴식하듯 읽을 수 있는 '에세이'로 골라달라고 했던 것. 그러자 곧장 내 머릿속엔 '편히 휴식하듯'이라는 말은 온데간데없고 '책을 많이 읽기 때문에'라는 말만이 남았다. 무릇 다독가의 마음을 내려놓는 데엔 좋은 책을 만나는 것만 한 특효가 없을 거라고 믿었다. 이 책을 건네받은 그는 이내 흡족한 표정으로 내게 포장을 부탁했다.

《무정에세이》를 처음 만난 건, 책이 출간되고 몇 달 후 입춘을 막 넘긴 무렵이었다. 어떤 책들이 새로 나왔나 온라인 서점 홈페이지에서 반쯤 빈둥거리듯 이 책 저 책 살펴보던 중에 우연히 제목 하나가 눈에 띄었다. '무정에세이.' 가만, 에세이의 제목에 '에세이'라는 말을 쓰던가. 피천득 작가의 수필집 《수필》도 있으니 아주 터무니없는 제목은 아닐 것이다. 한데 그 앞의 '무정'은 무엇인가. 온정 에세이, 다정 에세이, 애정 에세이라고 해도 독자를 유혹할 수 있을까 말까 한 판국에 '무정無情'이라니. 정이 없고 쌀쌀맞은 사람을 두고 흔히 하는 말. 그렇다면 '무정에세이'란 온기를 식힌 무덤덤한 마음으로 쓴 산문이라는 뜻일까.

희망찬 선언도 확고한 체념도 아닌, 가만히 바라보고 부단히 주저하는 문장들은 내 마음의 빛이 닿지 않는 곳, 무정의 그늘 속을 비집고 들어왔다. "관객이 거의 없는 극장 안에서, 왜 그러는지 모르지만 통로를 기어 다니고 있던 사람. 눈 오는 겨울밤, 시골 읍내의 문구점 앞에 놓인 구식 오락기계로 게임에 열중하고 있던 초등학생의 뒷모습. 종로 한복판에 있는 어느 학원 앞에서 가방도 없이, 책과 공책과 필통 같은 것들을 들고 어쩔 줄 모르며 서 있던 여학생. 모두 사소한 일, 부질없는 일, 아무 의미도 없는 일이다. (…) 그러나 그 순간이 나에게는 세상의 진짜 중심처럼 느껴진다."(p38) 온정의 마음은 잠시 제쳐둘 거라고 단언했던 제목과는 달리, 작가는 계속해서 아무도 주목하지 않는 삶의 그늘과 그늘 아래 사람들에게 눈길을 돌린다. 다가가 들릴 듯 말 듯 조심스레 안부를 묻는다. 어째서인지 그는 자꾸만 무정한 마음을 먹는 일에 실패하고 만다.

거리를 나서면 온갖 말들이 우리를 압도하는 세상. 서점도 크게 다르지 않다. 에세이가 꽂힌 서가 앞에 서서 쭉 제목들을 훑고 있노라면, 정말이지 무정의 책 하나쯤 세상에 꼭 필요한 것 아닌가 하는 생각마저 든다. 지금 이대로도 괜찮다는 말. 충분히 잘하고 있다는 말. 사랑받을 자격이 있는 사람이라는 말. 그러나 두 눈을 부릅뜨고 주위를 둘러보면, 알록달록한 그 말들은 머지 않아 터져버릴 풍선처럼 공허하게 떠다니고 있다. 충분히 잘하고 있는 그이의 얼굴은 어째서 날이 갈수록 어두워지기만 하는지. 누구나 받을 자격이 있다고 말한 사랑과 환대는 왜 어떤 사람들에게만 선별적으로 주어지는 건지.

위로의 말들과 혐오의 말들, 저열한 말들과 그럴싸한 말들이

범람하는 세상이라서, 그 말들 속을 헤치고 걸어가야 하는 우리는 가능한 예사로운 눈빛과 방어적인 자세를 취해야 한다. "이를 악물고 울음을 참다가 결국 울음 같은 것은 아예 나오지 않게 된 단단한 마음"(p287)은 종종 세상을 살아내기 위한 강인함으로 여겨지곤 하니까. 그러나 상처받지 않기 위해 굳어지고 두터워진 마음 한구석에 "햇빛이나 바람처럼 목적 없이 흩어지고 퍼져 나가는 선량함"(p258)이 여전히 남아 있다면 어떨까.《무정에세이》는 나직이 묻는다. 무정한 마음이란 짐짓 사소한 아픔에 무뎌졌다고 믿었던 마음의 저편 아닐지. 우리는 대체로 무덤덤한 표정을 짓고 있지만, 실은 저편 어딘가에 안간힘을 쓰는 내가 있는 건 아닌지. 나를 지켜내기 위해, 드물게는 누군가를 지켜주기 위해.

언제부턴가 잘 지내느냐는 말을 주의 깊게 듣지 않게 되었고, 좀처럼 누군가에게 묻지도 않게 되었다. 안부를 묻는 형식을 취하고 있지만 슬며시 다른 근황을 묻거나, 때로는 멋쩍은 부탁의 운을 떼기 위해서 하는 말이라고 여긴 탓이다. 스스로 저 말을 입에 자주 올리지 않게 된 건, 그런 태도를 취하는 일이 그 나름대로 정직하다는 믿음 때문이기도 했다. 용건이 있다면 용건부터 말할 것. 부탁을 할 거라면 용기를 내 부탁할 것. 고백하건대 그런 믿음을 무슨 기준이라도 되는 듯 타인에게도 똑같이 적용했으므로 나 역시 누군가의 안부 인사를 흘려듣게 된 것은 아닐까. 그렇게 스스로 강해졌다고 착각한 마음의 구석엔 타인의 안부에 눈과 귀를 막은 채 웅크린 내가 있다.

한 달에 한두 번씩 서점에 오는 아이가 있다. 교복을 입은 그는 늘 혼자 와서, 누구의 눈에도 띄지 않게 조용히 책을 고르고, 구겨진 지폐를 내밀어 계산을 하고 간다. 나는 그에게 주어진 삶의 무게에 대해 멋대로 짐작해보다가, 그런 내 짐작이 품은 폭력성을 깨닫고 화들짝 놀란다. 나는 그에게 잘 지내느냐고 묻고 싶은 마음을 억누른다. 그때 내 안에 부풀어 오른 잘 지내느냐는 말은 본래 의미 그대로인 것일까. 누군가 걸어갈 길이 앞으로 모두 잘될 것이라는 말을 믿지 않는다. 하나 그가 걸어가는 길이 스스로의 뜻과 상관없이 훼손되는 일은 일어나지 않기를, 까닭 모를 좌절에 맞닥뜨리더라도 발 디딜 곳을 빼앗기진 않기를 바란다.

《무정에세이》, 부희령, 사월의책

목이 마르지 않은 이유

　나는 술을 좋아한다. 이 말은 오해를 부르기 쉽다. 술을 아주 많이, 잘 마신다는 뜻으로 받아들여질 수 있어 그럼 주량이 몇 병이냐는 질문을 되받기 십상이고, 그게 아니면 알코올 의존자라는 인상을 풍길 수 있기 때문이다. 그럼에도 나는 술을 좋아한다, 고 말할 때의 좋아한다는 말은 갓김치를 좋아한다거나 해 질 무렵의 나른함을 좋아한다고 말할 때의 그것과 같다. 기름진 음식에 곁들이는 맥주의 시원함을, 갓 삶아낸 골뱅이와 함께하는 소주의 달착지근하면서도 아릿한 목 넘김을 좋아한다. 음식과 곁들일 때뿐일까. 때로는 상황이 안주가 되기도 하는 법. 아이를 겨우 재운 뒤 늦은 밤 혼자서 마시는 위스키 한 잔, 땀 흘린 고된 하루 끝에 마시는 맥주 한 잔, 좋아하는 사람과의 끝나지 않을 듯 이어지는 즐거운 대화 속 소주 한 잔을 좋아한다.

프랑스어에 'soiffard'라는 말이 있다. '술꾼', '주정뱅이'를 가리키는 말로, 어느 나라에나 있을 법한 표현이지만 재밌는 건 단어를 이룬 말들의 조합이다. soif(목마른)+(f)ard(경멸의 뉘앙스를 나타내는 접미사)로 이루어진 이 낱말은 풀이하자면 술꾼을 '목이 마른 사람'이라고 부르는 셈이다. 목이 마르면 물이나 주스를 비롯한 각종 음료수가 있는데 왜 하필 주정뱅이를 부를 때 그 형용사를 찾았을까. 어원까진 알 수 없으나, 목마름이 일시적인 결핍인 것에 반해 'soiffard'(목이 마른 사람) 앞에는 '항상'이라는 말이 생략된 것처럼 여겨진다. 주정뱅이란 고로, (항상) 목이 마른 사람. 만성적이고도 습관적인 목마름. 청량하게 목을 적시며 해소되는 분명한 갈증이 아니라, 목구멍과 가슴 사이 어딘가에서 요구하는, 유사 액체만으로 해소되지 않는 모호한 갈증을 말하는 듯하다.

서울에서 자취하던 스물일곱 때의 일이었다. 수년째 혼자 사는 아들 집에 한 번도 가보질 못했다며 아버지가 서울에 오신 적이 있었다. 저녁 무렵 들어간 고깃집에서 그날도 우린 서로 앞에 수저를 놓듯 만성적으로 술잔을 내려놓았다. 식사를 마친 뒤 내가 자주 다니던 단골 술집으로 자리를 옮겼다. 목청을 높여야만 대화를 나눌 수 있을 정도의 커다란 음악 소리와 젊은이들로 북적이는 분위기에도, 새하얀 머리칼의 당신은 조금도 주눅 든 기색 없이 나와 술잔을 부딪쳤다. 자리를 마무리하고 아들이 살던 자그마한 방에 도착하기 직전, 아버지는 느닷없이 편의점에 들러서 라면과 소주 한 병을 사오셨다. 어두운 방, 필요에 따라 식탁이 되고 책상이 되기도 하는 접이식 탁자에 앉아 당신은 소주를 마시며 나를 기다렸고, 나는 재빠른 자취생의 손놀림으로 라면을 끓였다. 발개진 볼의 취기가 오른 아버지는 내가 끓인 라면이 너무 맛있고, 또 그 라면과 함께 마시는 소주가 얼마나 달콤한지 모르겠다는 말을 몇 번이나 되풀이했다. 그 얼굴에 옅게 비친 행복을 바라보며 나도 함께 술잔을 비웠다. TV도 없고, 바라볼 창밖 풍경도 없는, 할 수 있는 거라곤 서로 마주 보는 일밖엔 없는 작은 방에서 우린 밤늦도록 목을 적셨다.

2016년에 출간된 권여선의 소설집 《안녕 주정뱅이》는 모든 단편마다 어떻게든 술이 등장한다. 거기서 술은 스치듯 지나가는 배경일 때도 있지만 어떤 균열을 드러내는 촉매가 되기도 하고, 비극의 폭발을 향해 인물들을 데려가는 도화선이 되기도 한다. 이후 2020년에 출간된 소설집 《아직 멀었다는 말》에는 놀

라우리만큼 술이 등장하지 않는데, 그의 전작을 너무 속속들이 좋아한 탓인지 술이 등장하지 않는 곳에서조차 술을 떠올리게 되었다. 소설집의 마지막 단편 〈전갱이의 맛〉은 '성대 낭종'이라는 기이한 병으로 수술을 받게 된 남자의 이야기였다. 그렇다. 수술에서 한 글자만 떼면 술이 되니까, 수술로 인해 말을 잃었다는 대목에서 말은 곧 술의 은유가 아닐까 의심하는 나였다. 남자는 수술 이후 한 달 동안은 아예 말을 해선 안 되었고, 그 이후로도 성대에 무리가 가지 않게 가급적 말을 하지 않고 살아야 했다. 거기서 오는 불편함이 두 종류라고 했다. 첫째, 말을 하지 '못해서' 겪는 불편함. 타인과 소통할 수 없는 데에서 오는 생활 속 고난을 뜻한다. 문제는 두 번째다. 말을 하지 '말아야 해서' 겪는 불편함. 그건 당최 무엇일까. 감탄사나 혼잣말처럼, 자신도 모르는 사이 불쑥 튀어나오려는 말을 참아내야 하는 괴로움을 뜻한다. 두 번째 불편함으로 인해 그는 말에 대한 극심한 갈증을 느끼다 못해 몸짓으로 이루어진 자기만의 말을 만들어내기에 이른다.

2020년 2월 아버지는 방광암 판정을 받았다. 몇 달째 별다른 통증이나 동반되는 증상 없이 소변에서 종종 피가 섞여 나오곤 했다. 검사를 받아보니 방광에 악성 종양이 있다고 했다. 즉시 종양을 제거하는 수술을 진행해야 했고, 몇 차례 항암 치료도 받아야 한다고 했다. 아버지의 방광암 판정과 수술 얘길 듣고 가장 먼저 떠오른 장면은 바로, 내가 끓인 라면을 소주와 함께 맛있게 드셨던 그날 아버지가 보여준 싱글벙글한 웃음이었다. 등심 스테이크와 코냑도 아닌, 라면과 소주를 앞에 두고 이렇게 맛있는 건 정말이지 오랜만이라며 볼이 발그레해진 아버지. 나는 침대에 걸터앉아 그 천진했던 웃음을 떠올리며 벽을 바라보며 울었다. 그리고 생각했다.

'앞으로는 아버지와 술을 마실 수 없겠구나.'

〈전갱이의 맛〉의 그 남자처럼, 아버지 또한 금주禁酒로 인한 불편함을 두 가지 차원으로 느꼈을지 모르겠다. 누군가와 술 약속을 잡지 못하거나 술 마시는 동안의 흡족한 상태를 잃는 불편함은 그럴 법도 한데, 술을 마시지 말아야 하는 불편함은 어떤 것일까. 어떤 음식이나 어떤 상황 앞에서 본능적으로 술이 떠오르면 고개를 내저어야 하는 것, 자신도 모르게 튀어나오는 말을 참는 것만큼이나 어느새 목에 밀려오는 갈증을 견뎌내야 하는 것은 아닐지. 이를테면 늦은 밤의 라면 앞에서라든지, 나와 단둘이 마주한 작은 식탁에서라든지. 우스운 건 아버지의 수술 이후 나도 덩달아 술에서 멀어져 갔다는 점인데, 정작 나는 어째서 그다지 목이 마르지 않는 것인지 알 길이 없다.

얼마 전 아버지와 초콜릿을 나눠 먹으며 말했다.

"평정심은 탄수화물에서 오고, 여유는 당분에서 온대요."

당신은 싱글벙글 웃으며 되물었다.

"여유는 술에서 오는 것 아닌가?"

술을 두고 농담의 소재로 삼을 수 있는 게 다행이긴 한데, '아직까진' 다행이라고 해야 할까, '그래도' 다행이라고 해야 할까. '아직까진' 다행이라고 하면 언젠가 더 큰 시련이 찾아올 것을 암시하는 듯해서 싫고, '그래도' 다행이라고 하면 술을 좋아하면서도 마실 수 없게 된 인생의 농담 앞에 굴복한 것만 같다. 술을 두고 농담의 소재로 삼을 수 있는 게, (아버지와 내가 즐겁게 술잔을 기울이던 숱한 날들을 떠올릴 수 있어서) '그러니까' 다행이라고 쓴다면, 비문非文이 될까.

《아직 멀었다는 말》, 권여선, 문학동네

초상화를 이어 붙인 풍경화

　문득문득 불어오는 바닷바람의 냄새가 한결 짙어진 데에서 여름이 다가온 걸 느낀다. 서점에 들어오는 여행자 손님들이 그 냄새를 지니고 온 것일지도 모르겠다. 커다란 배낭을 멘 아직은 앳된 얼굴의 청년들, 지금 막 바닷물에서 나오기라도 한 듯 헝클어진 머리카락과 느긋한 표정의 가족들, 하와이안 셔츠를 입고 서점 간판을 배경으로 기념사진을 찍는 연인들. 산, 바다, 호수가 있어 피서를 즐기기에 좋고, 동해 바다에서 길어 올린 온갖 진미를 맛보기에 좋아 여름이면 부쩍 도시가 활기를 띠고, 자연스레 서점에도 여행자 손님이 많다.

　여행 중에 서점에 간다는 건 어떤 기분일까. 나로 말하자면 다른 지역, 다른 나라에서 서점을 가본 일이라곤 서점 주인이 된 이후부터였으니, 지극히 순수한 의미에서 서점을 탐방해본 적은 없다. 가방의 무게가 늘고 명소를 다니기에도 시간이 부족할 텐데, 어떻게 서점을 방문할 수 있단 말인가. 그런 의문 따위 아랑곳 않는다는 듯 무심히 책을 고르는 여행자들에게서 내겐 없는 이지적理智的인 아름다움을 엿본다. 물론 하루 종일 그들의 부푼 배낭, 근심 없는 쾌활한 발걸음을 마주하다 보면 나도 모르는 사이 오묘한 질투심이 마음속에 싹트기도 한다. 오징어회가 맛있는 식당을 열렬히 설명해드리고, 혼자 누워 책 읽기 좋은 바닷가를 그토록 치밀하게 알려드리는 까닭이, 정작 내가 여행을 가고 싶어서일까 헷갈리기까지 하는 것. 여행을 가본 게 양손의 손가락을 모두 다 써야 헤아릴 수 있을 정도로 오래전 일임에는 틀림없지만, 관광지 자영업자라면 십중팔구 비슷한 처지일 거라는 고약한 짐작으로 마음속 파도를 잠재운다.

그러다 유난히 마음이 텅 빈 날이면 여행자들이 서점 한편에 남겨둔 방명록을 탐독하며, 비뚤배뚤한 글자들의 온기로 마음을 채우기도 한다. 인터넷에 새로 올라온 후기를 검색해보는 일도 꽤 잘 듣는 진통제 중 하나다.

'이렇게나 많은 분들께서 다녀가 주셨는데, 주어진 삶에 감사하진 못할망정 내가 가지지 못한 것을 탐하는 꼴이라니.'

하나 어떤 말들도 마음속에 내려앉지 못할 땐, 그리하여 낯선 외국어로 가득해 아무런 말도 소용없는 먼 곳으로 떠나고 싶을 땐, 침대 맡 책장에 마구잡이로 꽂힌 '침대 맡 컬렉션'의 책등을 공연히 훑어본다. 《세상의 모든 아침》, 《단지 유령일 뿐》, 《불의 강》, 《사소한 것들의 거룩함》… 모두 여러 번 읽은 책이다. 나는 그중 아무 책이나 집어 들고, 아무 쪽이나 펼쳐 읽기 시작한다.

그중 한 권은 나를 멀고 낯선 도시 한가운데에 내려놓는다. 《배를 놓치고, 기차에서 내리다》. 파리에 정착한 한국인 작가가 자신이 사는 동네에서 채집한 일상의 풍경을 담은 산문집이다. '일상의 풍경'이라고는 했지만, 흔히 프랑스 여행 서적을 펼쳤을 때 나오는 아름답고 고풍스러운 풍경을 기대했다간 몇 페이지 만에 당황하게 될지도 모른다. 파리의 음울한 악취와 파리지앵들의 냉소적인 유머. 카페테라스에 앉은 사람들에게 담배를 구걸하는 노부인, 같은 아파트에 사는 언제나 쓸쓸한 모습의 의사, 서글픈 이웃들, 거리의 노숙자들. 말하자면 풍경을 그린 풍경화라기보다는, 거리에 속한 한 명 한 명의 초상화를 정성껏 이어 붙인 (그런 게 정말 있다면) 콜라주로서의 풍경화에 가까운 셈이다.

지금으로부터 정확히 10년 전, 두 달 동안 프랑스 파리에 머문 적이 있다. 군에서 제대한 이후 아직은 대학생 신분이었던 나는, 수년간 각종 아르바이트로 모은 돈을 경비로 모조리 써야 하는 긴 여행을 감행했다. 당시엔 특별한 까닭도 없이 떠났다고 생각했지만, 지금에 와서 돌이켜 보면 머지않아 들이닥칠 졸업과 취업으로부터 도망치기 위한 여행이었다. 마치 책에 등장하는 작가의 대학 친구 S처럼. 작가에 따르면 S는 미친 듯이 일해 돈을 모으고, 어느 정도 돈이 모이면 자발적인 실업자가 되어 다시 파리로 떠나는 삶을 반복했다고 한다. 자그마치 15년 동안. 내겐 그런 일을 벌일 용기란 딱 한번이면 족했던 것인지, 그때 이후로 다시 파리를 가본 적은 없다. 다만 두 달 동안 나는 도시를 걷는 일에 모든 시간을 쏟기로 작정한 사람처럼, 온종일 파리 전역을 걸었다. 그렇게 걷고 걸으면 시간을 더 길게 늘일 수 있다고 믿었던 걸까. 오로지 두 발로 걸었기 때문에 배를 놓치거나 기차에서 잘못 내릴 일은 없었지만, 걷는 동안 거리에서 내린 숱한 결정들이 지금의 나를 만들었음을 안다.

얼마 전 서울의 한 전시장에서 '책으로 떠나는 여행'을 주제로 전시를 연다고 연락이 왔다. 책 추천 요청에 일말의 망설임도 없

2. 읽는 마음

141

침대 맡 책장으로 향했고, 예의 그 책《배를 놓치고, 기차에서
l다》를 상자에 포장하며 추천사를 동봉했다. 무심코 쓴 말이
신을 겨냥하고 있어 흠칫 놀랐다.

겹고 떠나고만 싶은 일상 또한 어떤 눈을 여과해 바라보면
이국적인 풍경이 되지 않을까요."

이 책은 파리의 한가운데에 나를 내려놓았다가, 결국에는 나
를 다시금 이곳으로 데려다놓는다. 내가 사는 동네, 내가 일하는
서점으로. 작가가 무심함을 가장해 세밀히 바라본 동네의 풍경
이 누군가에겐 이국의 기억을 되살려주었듯, 그토록 떠나고 싶
던 먼 곳이야말로 내가 더 골똘히 바라봐야 할 이곳, 바로 내가
속한 풍경 아닐까. 책을 덮고 고개를 든다. 매일 오전 정해진 시
간에 수험서를 살펴보러 오는 청년, 몸에 영양소가 될 음식을 고
르듯 아이가 읽을 책을 신중하게 고르는 어머니, 초판 1쇄를 수
집하는 탓에 책이 몇 쇄인지 하나씩 들춰보는 아저씨. 계산대 높
이를 겨우 넘길락 말락 한 키의 여자아이가 긴장한 얼굴로 책과
카드를 내민다. 그때 아이에게 책을 건네주는 나도 이 풍경의 일
부다. 거대하고 광활한 풍경도 단 하나의 초상에서 시작된다.

《배를 놓치고, 기차에서 내리다》, 이화열, 현대문학

평정심이라는 시기

　책의 제목만 읽고도 베스트셀러가 될 것이라는 예측에 꽤 자주 성공하는 사람. 단골손님의 취향에 맞게 책을 추천하는 일에도 제법 능숙해진 사람. 서점에서 일한 지 7년을 넘긴 내 얘기다. 얼마 전엔 책을 정리하다가 '이 책, 이제 리커버가 나올 때가 됐는데…' 하고 생각했는데 며칠 뒤에 실제로 리커버판이 출간되는 일도 있었다. 그럼에도 여전히 마음의 조류 위에서는 한낱 초보 서퍼처럼 휘청거리거나 허우적댈 따름이다. 어떻게 하면 평정심을 유지하는 법을 터득할 수 있을까. 30대 중반을 갓 넘긴 내게 일터에서의 가장 큰 화두는 '평정심'이다.

　천성 자체가 감정적으로 요동치는 탓도 있다. 결국 책을 판매하는 문제일 뿐인데 일이 조금이라도 예상을 벗어나면 하늘이 무너져 내린 것처럼 온몸이 굳어버리기 일쑤이니까. 책값을 잘못 계산해 돈을 더 받거나 덜 받았을 때. 식견이 전무한 분야에 대해 책 추천을 요구받았을 때("심리 상담에 관한 애플리케이션을 제작하려고 하는데 참고할 만한 책이 있을까요?"), 책을 찾아드리려고 (그 책이 꽂혀 있어야 할) 서가로 자신 있게 걸어갔는데 웬일인지 거기에 책이 안 꽂혀 있을 때. 그때 식은땀이 흐르는 등 뒤로 손님의 나직한 음성이 들릴 때. "책 있다고 해서 인제에서 여기까지 왔는데…." 마지막으로 이 모든 일이 하루 불과 몇 시간 내에 벌어졌을 때. 누군가 보기엔 평온한 일상 속 단 하나의 블록이 빠졌을 뿐이겠지만, 그간 쌓아올린 내 마음은 와르르 무너져 내리고 만다.

그렇게 마음의 조각들을 겨우 추스르며 옆자리에 앉은 아버지를 보면 정말이지 '나만 그런가?' 싶기도 했다. 아버지는 허리를 꼿꼿이 세운 채 모니터를 바라보거나 안경을 콧등에 걸친 채 신문 읽기에 삼매경이었다. 만세력에 관한 책을 찾는 어르신이 오신 날, 난해한 한자를 손가락으로 짚어가며 진땀 빼고 있었는데, 아버지 쪽으로 고개를 돌려보니 아예 책상을 두 손으로 짚고 팔굽혀펴기를 하고 있는 것이었다! 추측하건대 현실에 초연한 것뿐만 아니라 현실을 모면하는 데에도 일가견이 있으신 듯했다. 외국인 손님이 오면 조건반사처럼 화장실로 가시거나, 손님이 카운터로 와서 우리 쪽의 실수(대체로 책을 잘못 주문했을 때)를 컴플레인하기라도 하면 아버지는 어느새 매장 한가운데에서 사람들 틈에 섞여 책을 구경하고 있었다. 아버지는 내가 아는 사람 중 감정의 요동이 가장 적은 사람이었다. 그렇다면 마음의 평정이란 거북한 상황에 대한 외면의 다른 이름인 것일까.

평정심의 난제에서 허덕이는 내게 도움을 준 것은 요가도 심리 상담도 아닌, 뜻밖에도 '책'이었다. 출간 후 60년이 지난 지금까지도 독일의 스테디셀러라는 《삶과 나이》라는 책. 독일의 신학자이자 철학자 로마노 과르디니가 나이에 따른 인생의 시기를 일곱 개로 정의하며 삶이라는 커다란 한 주기를 조망하는 강의록이다. 이 책을 통해 나는 평정심의 실체를 완전히 다른 각도에서 바라보게 되었다. 성격의 결함을 찾아내 고치려고 애쓰거나 호흡을 가다듬으며 심신을 안정시키는 게 아니라, 생애 주기의 전 과정 속에서 나의 위치를 파악하는 것. 내게 주어진 문제들이 지금 나이에 겪는 지극히 자연스러운 현상이면서도 해결해야 하는 일련의 과업이라는 사실을 아는 것만으로도, 어떤 근본적인 차원의 방향 설정이 가능하다는 희망을 얻을 수 있었다.

평정심을 '마음'의 문제가 아닌 '시기'의 문제로 바라볼 것. 이 책은 아픈 부위를 도려냄으로써 문제를 해결하기보다는, 잠시 뒤로 물러나 인생 전체의 과정에서 이 통증이 무슨 의미인지 살펴보기를 권한다.

그렇다면 평정심을 향한 나의 갈망과 빈번한 실패는 내가 통과하고 있는 '성년기'라는 시기와 무슨 상관일까. 로마노 과르디니가 정의 내리는 모든 시기에는 각 시기 고유의 '위기'가 있다. 그는 성년에게 찾아오는 위기를 '한계 경험의 위기'라고 부른다. 청년기를 지난 성년은 특유의 깊이와 거침없는 생산력으로 엄청난 양의 맡은 일들을 해내는데, 그러면서, 차츰, 무슨 일에든 감당할 수 있는 정도를 넘어서는 지점이 있다는 것을 깨닫게 된다. 책 추천에 자신감이 붙었다고 생각했지만 그 뒤엔 다방면의 깊이 있는 독서라는 커다란 산이 웅크리고 있다는 사실을, 서점 일에 자신감이 붙었다고 생각했지만 안정적인 경영을 위해서라면 풀어 나가야 할 고차원의 함수들이 있다는 사실을 맞닥뜨린 나처럼. 그러므로 평온함에 다다른 줄 알았던 마음은 실은 짧은 시간에 무언가를 이루었다는 착각의 발로였다고 해도 좋을 것이다. 매 순간 평정심을 잃고 이리저리 휘청이던 마음이야말로,

내게도 미처 가늠하지 못했던 한계들이 있음을 알려주는 정직한 징후였으리라.

> 위에서 언급한 마지막 가능성이 실현될 때, 각성한 인간이라는 삶의 형상이 나타납니다. 그것의 특징은 한계가 무엇인지를 직시하고 받아들이는 데 있습니다. 삶에 가로놓인 많은 제약, 결핍과 부족, 누추함 등등.
>
> ―p89, 〈각성한 인간〉

얼마 전 오랜 친구와 대화를 나누다가, 먼 훗날 나의 30대를 돌아보게 된다면 이 시기를 어떤 문장으로 정의하게 될지에 관해 이야기를 주고받았다. 평소 같았다면 확신에 가득 찬 말들을 내뱉었겠지만, 이 책을 이미 읽어버린 나는 사뭇 숙연한 입술로 이렇게 말했다. "보여줄 수 있는 건 한정되어 있는데, 자꾸만 뭔가를 보여주고 싶어 애쓰던 시기였다고 할 것 같아…" 그리고 덧붙였다. "그러니까 평정심을 찾지 못했던 시기." 평정심이란 '마음의 상태'라기보다는, 내게 주어진 한계들을 있는 그대로 수긍하고, 그중 어느 한계를 향해 몸을 내밀면서 얻게 되는 '삶의 시기'일 것이다. 또한 그 시기가 도래하면 '빼도 박도 못하는 나'

가 될 것이다. 아버지의 초연함 역시 상황의 즉각적인 모면이 아니라, 어떤 한계 앞에서 굴복하고, 어떤 한계를 헤치고 나가 얻은 삶의 표식인 것처럼. 나는 이 시기를 지나 무사히 '각성한 인간'(중년)이 될 수 있을까. '어떤 사람으로 살 것인가.' '어떤 서점을 만들 것인가.' 나는 커다란 장벽 같은 두 가지 질문 속으로 발을 내딛기로 했다.

《삶과 나이》, 로마노 과르디니, 문학과지성사

3

책들이여, 맡기신 분들을 찾아 가세요

유디트 헤르만을 좋아하세요?

"가장 좋아하는 책이 뭐예요?"

자주 받는 질문이지만 늘 곤혹스럽다. '가장 좋아한다'라는 말은 언제나 그 선택과 아울러 선택되지 못한 것들을 떠올리게 하는 법. 이를테면 나는 존 윌리엄스의 《스토너》를 좋아한다. 에드위지 당티카의 《안에 있는 모든 것》도 좋아한다. 좋아하는 책 한 권을 떠올리면 그 못지않게 좋아하는 또 다른 한 권이 떠오른다. '인생 책'을 대답하는 일에 늘 실패하고 마는 까닭이다. 아직 《성경》이나 《그리스 로마 신화》, 혹은 《논어》를 완독한 적이 없어서일지도 모르겠다(훌륭한 작가들은 언제나 저 질문 앞에서 《성경》이라고 대답하곤 하니까). 차라리 나는 어수선한 취향을 지닌 그저 한 명의 독자일 뿐이라고 해명하고 싶어진다. 하나 잊지 말아야 할 것. 질문한 사람은 '서점 주인'의 취향이 궁금해 물어본 것이다. 멋쩍은 미소로 "그게… 좋아하는 책이 꽤 많아서요"라고 우물쭈물하는 동안 상대의 눈동자에 언뜻 실망이 비친다.

"가장 좋아하는 작가가 누구예요?"

같은 질문에 목적어만 바뀌었을 뿐인데 일말의 망설임 없이 목소리가 나온다. "유디트 헤르만입니다" 하고. 책을 묻는 질문과 작가를 묻는 질문, 무엇이 다른 걸까. 어떤 책이 아니라 어떤 작가를 좋아한다는 건 책날개에 실린 사진 속 그 '사람'을 좋아한다는 뜻이기 때문일까. 그가 말하는 방식을 좋아하고, 세상을 바라보는 그만의 각도를 흠모한다는 것. 나아가 어떤 작가를 '가장 좋아한다'고 말할 땐, 수없이 반복해 읽어서 그의 훌륭한 점도 부족한 점도 알아차리게 되지만, 모든 걸 묵인하고서라도 그를 지지하게 된다는 뜻인지도 모르겠다. 그를 편애하고, 때에 따라선 그를 보호하고("글쎄요. 이 작가는 당신이 생각하는 만큼 가볍지 않아요"), 가끔씩은 그의 안부를 걱정하는 꼴이 되는 것("요사이 작품 활동이 없는데 어디 아프신 걸까?"). 가장 좋아하는 작가를 말할 땐 어느새 그의 변호인이 되어 있는 자신을 발견하곤 한다.

그렇다. 내 대답은 늘 '유디트 헤르만'이었다. 어릴 적을 제외하고, 적어도 스물여덟 이후부터는. 1970년생 독일의 작가. 대학에서 문학과 철학을 공부했고 극단에서 연극을 했고 밴드에서 노래를 부르기도 했다는 사람. 아래로 곧게 뻗은 긴 코, 슬픔과 피곤에 푹 전 눈을 가진 사람. 국내엔 지금껏 딱 세 권이 출간되었는데, 스물여덟에 발표한 첫 작품집《여름 별장, 그 후》, 4년 뒤 두 번째 작품집《단지 유령일 뿐》, 마지막으로 2011년에 번역된 세 번째 소설집《알리스》까지 세 권이다. 그의 책은 모두 단편소설집이고, 단편 하나하나 대체로 줄거리를 요약하기 힘들며, 작품에 그려진 인물들은 (몇 개를 제외하면) 거의 20~30대의 청춘들로 짐작된다.

10년 전, 친구의 추천으로《알리스》를 읽은 게 시작이었다. 무슨 이런 소설이 있나 싶었다. 단편들 모두 '죽음'이라는 주제를 다루고 있는데도 감정의 오르내림이나 긴박한 사건 하나 없이 마치 무채색의 암호문을 읽는 것 같았다. 호기심에 첫 번째 단편집《여름 별장, 그 후》를 읽었고, 연이어《단지 유령일 뿐》까지 읽고 나서, 한 가지는 분명히 깨달을 수 있었다. 작가가 독자들에게 두루두루 잘 보이고 싶은 마음이 전혀 없다는 것. 서서히 그 모호한 말들이 연주하는 리듬 속으로 빠져들었고, 어딜 가든 그의 책을 가방에 넣고 다녔다. 어디서든 꺼내 읽고 싶어서이기도 했지만, 늘 지니고 다님으로써 작가와 긴밀한 사이라고 믿고 싶은 괴이한 마음 때문이기도 했다. 어떤 부분은 시라고 여기며 외우고 다녔으며, 모방인지 표절인지 분별조차 못한 채 그의 스타일을 따라 소설을 습작해보기도 했다. 실패하는 말들, 어긋나는 관계들, 그럼에도 어쩔 도리 없이 움직이지 않는 사람들. 그러나 체념이 끝은 아니라는 듯 그 단절의 순간을 세밀히 응시하는 눈빛들. 한마디로 나는 그에게서 위로를 받고 있었다. 내 청춘의 무기력과 환멸이 거기 있었고, 내 사랑의 체증과 실패도 거기 있었으니까.

처음 서점에서 일하게 되었을 때, 유디트 헤르만을 떠올리지 않았다면 거짓말일 것이다. 서점 일을 시작한 이후로 줄곧 생각했다. 유디트 헤르만을 손님에게 소개하느라 들뜬 내 모습을. '사람들은 이 작가를 제대로 만나본 적 없을 거야. 그 만남은 곧 우리 서점에서 이뤄지겠지. 중요한 건 아직 그의 진가를 알아보는 사람이 드물다는 사실이야.' 기대감에 부풀어 소개 글을 써서 책 옆에 살포시 놓아두었는데 별다른 반응이 없었다. '혹시 글이 별로였나.' 소개 글을 지우고 새로 썼는데 역시나 매한가지. 책이 눈에 띄지 않아서였을까. 눕혔다가 세웠다가 다시 눕혀 진열하기를 반복, 이 서가에 꽂았다 저 서가에 꽂았다 아예 두 군데 다 꽂기를 반복. 그렇게 2년쯤 반복하고 나서, 나는 포기했다. 소개나 진열 방식을 바꿔도 크게 달라지는 건 없었다. 손님들의 반응은 충격적일 정도로 미미했고, (독일에 있는 작가가 알 리 만무했지만) 팬이자 서점 주인으로서 창작자에게 결례를 범했다는 자괴감마저 들기도 했다.

　그러는 사이 세 권 가운데 한 권《알리스》이 품절되자, 나는 이전과는 다른 방식으로 몰두하기 시작했다. 바로 그의 책을 모으는 일이었다. 팔리든 안 팔리든 상관없이, 적어도 유디트 헤르만의 책이 없는 서점이 되어선 안 될 노릇이었다! 나는 누군가에게 막힘없이 설명할 그럴싸한 핑곗거리도 없이 그의 책들을 모으고 모았다. 팔리지 않아도 계속 주문했다. 열 권쯤 쌓였을 때 멈췄다. 어쩌다 한 권이 팔리면 또 한 권을 새로 주문했다. "그래도 한 권 더…."

　오래전 술자리에서 친구가 내게 말했다. 유디트 헤르만은 한마디로 '소녀 취향'이라고. 헤르타 밀러를 좋아하던, 늘 미간이 구겨져 있고 나보다 곱절은 앞서 세월을 경험한 듯한 친구였다.

약간의 비아냥거림이 섞여 있었겠지만, 지금은 그 말을 절반쯤 수긍한다. 유디트 헤르만이 그리는 인물들은 대체로 인생의 정오를 살아가는 청춘들이고, 그들은 나이를 먹지 않지만 나는 처음 그들을 만났을 때보다 10년이나 나이를 먹었으니까. 오십이 된다면 어떨지 모르겠지만, 그래도 아직까진 가장 좋아하는 작가를 묻는 질문에 어김없이 그를 떠올리긴 한다. 한 가지 변화가 있다면, 이제 더 이상 혼자서만 들뜬 채 "유디트 헤르만 좋아하세요?" 하고 묻지도 않고, 되도록 많이 팔아야 한다는 생각 또한 사라졌다는 것.

얼마 전, 고등학생일 때부터 자주 오던 청년이 오랜만에 서점에 왔다. 이런저런 근황 얘기를 나누던 중이었다. 휴학과 취업 준비 등, 눈앞의 선택지 앞에서 더 이상 나아가기 막막하다는 그의 말에 계획에도 없던 책 선물을 했다.《여름 별장, 그 후》와 《단지 유령일 뿐》. 모아둔 책 더미에서 두 권을 꺼냈다. 팔리지 않아도 진가를 알아줄 사람이 읽으면 그걸로 충분한 거니까. 어둠 속에서 막막하고 무기력할 땐, 막막하고 무기력한 세계가 어딘가 또 있다는 사실이 의외로 도움이 되길 바라는 마음으로. 말하자면 그 시절의 나에게 이 책들을 준다는 마음으로.

《여름 별장, 그 후》,《단지 유령일 뿐》,《알리스》,
유디트 헤르만, 민음사

나의 그림책 선생님

선생님은 언제나 이른 오전, 그림책 서가 구석에 앉아 있었다. 그날그날 들어온 책을 바삐 정리하느라 그가 있는지조차 의식하지 못한 적도 왕왕 있었다. 누군가 구석에서 웅크린 몸을 펴고 일어나 그림책을 한 아름 품에 안고 계산대를 향해 걸어오면, 그제야 나는 휘둥그레진 눈으로 "계속 여기 계신 거였어요?" 하고 묻기 일쑤였다. 그런 나날이 한 해 두 해 반복되는 동안, 나는 선생님이 혼자만의 시간뿐 아니라 혼자만의 공간이 필요했던 걸지도 모르겠다고 건너짚기도 했다. 안락한 집이 작업실과 동의어가 될 수 없듯이, 선생님도 누군가의 엄마이자 아내로서의 정체성이 곳곳에 뿌리내린 집을 잠시나마 떠나, 어느 조용하고 구석진 모서리에서 자신만의 그림책 세상에 빠져 있고 싶으셨던 건 아니었을까 하고.

나는 농담을 가장한 진담으로 선생님에게 말하곤 했다. 선생님이 우리 서점에서 구입한 그림책이 여기 그림책 서가의 책들보다도 많을 거라고(그런 까닭에 나는 선생님이 그토록 많은 그림책을 집에 어떻게 보관하실지 궁금하면서도 걱정스럽기도 했다). 그는 매번 내게 쪽지 하나를 남겨놓고 떠나는 습관이 있었다. 다음번에 찾아갈 책의 목록을 적은 쪽지였다. 연필로 빠르게 흘려 쓴, 이따금 보조사 따위가 과감히 생략된 그 제목들을 주문 창에 옮겨 적으며 나는 자연스레 몰랐던 그림책들을 알게 되었다.《스갱 아저씨의 염소》,《로지의 산책》,《할아버지의 시계》…. 그림책은 아이들이(혹은 책 덕후의 인상을 풍기는 어른들이) 읽는 책이라고 생각했던 내게, 그림책이라곤 오로지 온라인 서점의 유아 베스트셀러 목록만 머릿속에 있던 내게, 선생님의 주문 쪽지가 그야말로 거저 얻는 양질의 그림책 수업이었다는 건 부끄럽지만 자명한 사실이다. 그러므로 내 책상에 선생님의 주문 쪽지들이 쌓여갈수록, 그 목록들이 나의 그림책 안목을 길러주고 시야를 넓혀준 것 또한 두말할 나위 없는 일이었다.

그러나 선생님을 최초로 '선생님'으로 인식하게 된 건, 그 쪽지들보다도 그림책 한 권을 통해서였다. 선생님은 지역 내 교사들을 대상으로 그림책 수업을 열곤 했는데, 늘 첫 번째 수업으로 사용하는 교재가 있다며 내게 그림책 한 권을 소개해주었다. 《사슴아 내 형제야》라는 책이었다. 읽어본 적 있느냐는 선생님의 물음에 무심코 고개를 저었더니, 그럼 꼭 한번 읽어보라고 힘주어 당부하셨다. '사슴아 내 형제야'라니, 어딘지 '무기여 잘 있거라' 비스름한 운율을 띤 제목에서 기발한 상상력이나 아기자기한 그림이 담긴 책의 모습보다는 차라리 장중하고 부담스러운 서사시의 모습이 떠올랐다. 아니나 다를까, 표지를 검색해보니 명조체의 제목과 함께 눈을 부릅뜬 사슴 한 마리가 큼지막이 그려져 있었다.

그렇게 책을 주문하고 며칠 뒤 이른 아침, 상자 속 겹겹이 쌓인 수많은 책들 사이에서 잘 만든 튼튼한 액자 같은 이 책을 발견했다. 나는 뜯어진 상자의 처지는 까마득히 잊은 채 그 옆에 쪼그려 앉아 책을 펼쳤다. 커다란 책장을 휘릭 넘기며 단숨에 끝까지 읽었다. 그날은 일하는 내내, 하루 종일 시베리아 숲속 사냥꾼의 노래가 머릿속을 맴돌았다. 사냥꾼은 노래한다. "그것은 내 피가 되고 살이 된다. 그러므로 나는 사슴이다." 부모가 그랬고 부모의 부모가 그랬던 것처럼, 오랜 세월 이어진 자연의 순환

고리로서의 삶. 자신이 사냥한 사슴 앞에 입맛을 다시는 게 아니라, 무릎을 꿇고 바치는 사냥꾼의 노래는 현대인의 식탁에서 사라져버린 어떤 소박하지만 거룩한 윤리를 일깨운다.

사슴을 향한 사냥꾼의 진혼곡은 그림책이라는 세계에 바치는 작가의 노래처럼 들리기도 한다. 자신이 사냥한 사슴 앞에 무릎 꿇은 채 뼈를 단 한 개도 부러뜨리지 않고 조심스레 살을 발라내는 사냥꾼의 손등 위에, 거대한 시베리아 숲의 나뭇가지 하나하나, 사슴의 보드라운 털 한 올까지 세밀히 그려낸 작가의 손등이 겹쳐진다. 선생님은 왜 이 책을 그림책 수업의 첫 교재로 사용하셨을까? 감히 여쭤본 적은 없지만, 나 자신이 《사슴아 내 형제야》를 통해 그림책 세계의 새로운 관문을 통과하게 되었으니, 그 책은 내게도 일종의 교재 역할을 한 셈이었다. 거기엔 시詩가 있었고, 회화繪畵가 있었으며, 노래와 이미지의 화학작용이 만들어내는 아름다운 세계가 펼쳐져 있었다. 그림책이라는 게 대체 무엇이냐는 질문에 대해, 이 책은 질문한 이가 겸연쩍을 만큼 경건한 답변을 읊조리는 듯하다.

타인을 '선생님'이라고 부르는 습관이 있다. 여전히 나이와 호

칭의 공백을 그 자체로 가만둘 수 없는 사회를 살아가는 나름의 타협안인 셈이다. 그럼에도 가끔은 본래 의미 그대로 '선생님'이라고 부르게 만드는 사람이 있다. 단골손님 중에 그런 사람이 있다. "선생님" 하고 존경심을 담아 천천히 발음하게 만드는 사람. 그렇게 부름으로써 기꺼이 그의 영향 아래 있고 싶게 만드는 사람. 직업을 가리키는 게 아니라 어떤 일에 경험이 많거나 잘 아는, 내게 가르침을 주는 사람을 일컫는 의미로서 말이다.

손님은 내가 그런 의미로 당신을 부른다는 걸 눈치챘을까? 이른 아침 그림책 서가 구석에 앉아 미동도 없이 책에 빠져 있는 손님. 다가가서 "무슨 책 읽으세요?" 하고 여쭤보면 금세 또렷한 눈으로 책 이야기를 들려주는 손님. 그 많은 책들을 읽고도 어떻게 매번 미끄럼틀 앞에 선 아이 같은 눈빛을 할 수 있을까 탄복하게 만드는. 그는 나의 그림책 선생님이다. 물론 나는 그에게 수업료를 드린 적도 없고, 그와 어떤 종류의 계약을 맺은 것도 아니므로, 정확히는 '나 혼자만의 그림책 선생님'이라고 불러야 하겠지만.

《사슴아 내 형제야》, 간자와 도시코 글, G. D. 파블리신 그림, 보림

딸을 키우는 아빠라면

여섯 살짜리 딸과 함께 목욕을 한다. 따뜻한 물을 받고, 물속에서 가지고 놀 장난감을 챙겨서, 노래를 부르거나 장난을 치며 퍽 떠들썩하게 욕조로 들어가는 우리. 아이에게 아직 목욕은 부모와 함께하는 놀이의 연장선상에 있다. 위에서 나는 왜 '아직'이라고 했을까. 누구나 언젠가는 혼자 목욕을 하게 된다는 것을 알기 때문이다. 따뜻한 물줄기 아래 맨몸으로 앉거나 서서, 자기 몸과 단둘이 보내야 하는 그 시간 말이다. 자기 몸의 생김새를 구석구석 알아가는 시간이자, 스스로 몸에게 무엇을 잘해줬는지 무엇을 잘해주지 못했는지 몸의 성적표를 받게 되는 부지불식의 시간이기도 하다.

딸과 함께하는 목욕은 언제까지 계속될 수 있을까. 누구에게나 그렇듯, 우리에게도 더 이상 함께 목욕할 수 없다는 사실을,

그러니까 각자 스스로의 몸을 씻을 수밖에 없다는 사실을 알게 될 텐데, 그 순간이 언제쯤 찾아올지 두려우면서도 궁금하다. 아빠와 딸은 어느 시점에 둘 사이에 놓인 '성性'이라는 간극을 마주하게 될까. 그때 마주한 성의 다름이 결국 서로를 영원히 이해할 수 없는 자기만의 방으로 밀어 넣게 될까. 어느 영화 속 무표정한 딸과 어리석은 아빠처럼, 나도 그의 뒷모습과 굳게 닫힌 방문만을 바라보게 될까.

다니엘 페나크의 소설《몸의 일기》를 처음 읽었을 때 나는 결혼하기 전이었다. 그때도 이 책은 적잖이 충격적이었다. 아버지가 세상을 떠나기 전 딸에게 남긴 선물이 다름 아닌 자신의 몸에 대해 쓴 일기라니! 그것도 10대부터 80대까지 한평생이라는 시간을, 오로지 몸에 일어난 사건만을 서술한 일기. 일종의 서문 역할을 하는, 딸에게 보내는 편지를 제외하면, 처음부터 끝까지 오로지 일기로만 연대기 순으로 구성되어 있는데, 처음 읽었을 당시엔 이런 특이한 형식과 이 구조를 끝까지 밀어붙인 작가의 집요한 에너지에 감탄했다. 그러다 나 자신이 딸의 아빠가 된 이후, 어느 날엔가 아이와 목욕을 마치고 나왔는데 별안간 이 책 생각이 났다.

5년 만에 다시 펼쳐본 책의 서문, 딸에게 보내는 편지엔 이렇게 적혀 있었다.

> 우리 사이에서 몸은 대화의 주제가 되지 않았다. -p10

> 사랑하는 내 딸, 이게 바로 내 유산이다. 이건 생리학 논문이 아니라 내 비밀 정원이다. 여기야말로 여러 면에서 우리가 공동으로 가꾼 영토지. -p11

작가의 의도와는 무관할지 모르겠으나, 그 후로 다시 읽은 《몸의 일기》는 철저히 딸을 키우는 아빠의 관점에서 재구성되었다. 재구성의 과정은 나의 자리에 대한 질문들로 빼곡했다. 아빠이자 남성이며 30년가량의 세대라는 간격을 앞선 인간, 바로 그 자리들에 대해 물어야만 했다. 나는 내 아이와 몸에 대해 얼마만큼, 어디까지 대화할 수 있을까. 내 몸에 일어난 일을 아내에게 털어놓듯, 내 딸에게도 쑥스럽지 않게 말할 수 있을까. 반대로 딸이 자라나며 몸에 크고 작은 변화를 겪게 될 때, 나는 어떤 표정과 몸짓으로, 무슨 말들로 아이의 어깨를 쓰다듬어줄 수 있을까. 먼 훗날 나는 내 의지와 명령을 거부하게 될 늙은 몸을 자포

자기하듯 아이 손에 맡겨놓게 될까.

　서점에 온 손님이 소설을 추천해달라고 할 때, 내 취향보단 손님의 취향을 고려해 책을 고른다. 어떤 소설을 읽어왔는지 묻고, 몇몇 작가들 이름이 우리 사이에 오르내리고 나면 나는 잊어버렸던 물건이 생각난 것처럼 성큼성큼 서가를 향해 걸어가곤 한다. 그러나 결코 이 책이 꽂힌 자리로 걸어가 본 적은 없었다. 일단 이야기의 형식이 너무 집요하리만큼 한 가지(몸)에 몰두하고 있어서 일반적인 의미로 감동을 주거나 재미를 선사할 것 같지 않아서였다. 몇 번인가 책의 최종 후보 명단에 오른 적은 있었는데, 작품의 줄거리와 매력을 아무리 잘 요약해보려고 해도 좀처럼 잘되지 않았다. "한 남자가 죽기 전에 딸에게 일기를 남겼는데요.(손님의 눈빛이 호기심에 번뜩인다) 특이하게도 평생 동안 자기 몸에 대해서만 쓴 일기였어요.(호기심은 약간의 섬뜩함으로 바뀌는 듯하다) 자, 이 책은 그 일기로만 구성되어 있답니다!(괴팍하고 난해한 소설이라는 확신에 가득 찬 눈빛으로 손님은 다른 책을 추천해줄 수 있냐고 묻는다)" 결국 아무도 이 책을 선택하진 않았다.

　이젠 다르게 생각해본다. 딸을 키우는 아빠라면. 소설 속 아버지는 세상을 떠나며 딸에게 주는 선물로 이 일기를 남겼지만, 난데없게도 이 일기는 2022년에 딸을 둔 미숙한 아빠에게로 도착했다. 아빠와 딸이 성의 다름을 인지하게 되는 순간은 서로 몸의 극명한 차이에 대해 자각하는 시점과 포개질 것이다. 그렇다면 그 말을 뒤집어서, 서로 간 몸의 극명한 차이를 가만히 두지 않고, 마주하고, 인식하고, 대화하고, 알아가게 된다면, 시간이 걸리더라도 그렇게 된다면, 이해 불가능한 틈을 두고서라도 서로를 향해 손을 내밀 수 있지 않을까. 누군가 소설을 추천해달라고 한다면, 여전히 이 책 가까이로 가진 않을 것이다. 그러나 그이 손에 작은 손을 움켜잡은 딸이 함께라면, 한번쯤 이 책을 추천하는 상상을 해본다. 능청스럽게 말하면서. "때론 육아 책이 육아 서가에만 있는 건 아니더라고요."

《몸의 일기》, 다니엘 페나크, 문학과지성사

엄마와 봉선화

　　속초에 살고 있는 '속초 사람'이지만, 서점에서 마주하는 토박이 손님들 특유의 거친 언행에 간혹 이질감이 들곤 한다. 그때 '거칠다'는 건 흔히 바닷가 마을 사람들이 거칠다고 할 때의 느낌에 비해 사뭇 복잡하다. 우선은 말투. 대체로 중년 이상의 손님들은 우렁찬 목소리에 툭툭 끊기는 이북의 억양이 합쳐져 다소 퉁명스러운 인상을 풍긴다. 인구가 8만이 되지 않는 매우 작은 도시치고는 타인에 대한 경계심도 날카로운 편이다. 8년 전 속초에 다시 돌아와 처음 서점 일을 맡게 되었을 때, 자주 오는 손님에게조차도 나를 미심쩍게 바라보는 눈빛이 얼핏 비치곤 했다. 해를 넘기며 내가 서서히 속초의 풍경에 녹아드는 동안, 단골손님들의 이름과 취향과 말투도 내게 스며들었다. 그러는 사이 손님들의 애초의 눈빛이 나에게만 국한된 게 아니라, 속초 사람들의 마음 깊은 곳에 자리한 낯선 이를 향한 경계심이라는 것 또한 알아가게 되었다.

 속초는 해방 이후 북한이었다가 한국전쟁 이후 남한이 된 '수복 지역'이다. 당시 속초와 양양은 38선 이북의 수복 지역 중에서는 유일하게 민간인이 합법적으로 거주할 수 있는 곳이었다. 남쪽 아래로 떠났던 피난민들도, 이북에서 내려온 월남 피난민들도 속초에 짐을 풀기 시작했다. 그렇게 여기저기서 모인 피난민들이 정착해 도시가 형성되었다. 1998년에 출간된 인문 지리서 《한국의 발견》 '강원도' 편에서 속초는 '실향민이 많이 사는 도시'라는 제목으로 소개된 바 있다. 여전히 전쟁이 '잠시 멈춤' 상태인 이 땅에서 실향민의 도시라는 말은 이중의 수난을 내포한다. 고향을 잃은 슬픔이 그 껍질이라면 북한에 대한 적대 의식에서 기인한 인격의 소거가 그 속살일 것이다. 1960년대를 거치며 속초는 북파공작 활동의 거점이었고, HID 특수요원들이 심심찮게 시내를 활보했다고 전해지기도 하며, 납북 귀환 어부들의 비극은 반공을 빌미로 자행된 인권 유린의 역사에 포개진다. 서러움을 감춰두어야 했던 서러움. 이곳에 가까스로 터를 잡은 사람들은 있는 힘껏 자신을 감추고, 되도록 타인을 경계하는 것으로 삶을 지킬 수 있다고 믿었던 걸지도 모르겠다.

이토록 실향의 정서가 도시의 맨틀 아래 뿌리내리고 있는 것에 반해, 1980년대 후반 속초에서 태어난 나로서는 실향이라는 말을 의식적으로든 실질적으로든 체감하지 못한 채 자라왔다. 어린 시절 이따금 갯배를 타고 '아바이 마을'이라고 불리는 청호동에 놀러 갔을 때도, 가게 곳곳에서 보이는 지명(단천, 신포, 함흥)이나 도로와 현관문이 맞닿아 있는 오밀조밀한 집들을 보면서도 별다른 차이점을 느끼지 못했던 것은 단지 그 역사의 당사자가 아니었기 때문일까. 가느다랗고 찰진 면에 새콤달콤한 가자미회나 명태회를 올린 함흥냉면. 찹쌀밥과 선지, 채소 등 갖은 재료를 돼지 대창에 꽉 채워 쪄낸 아바이순대. 속초를 대표하는 '실향민 음식'을 자주 접하면서도 내 무심한 혀는 거기서 어떤 비극의 맛도 감지하지 못했다. 각종 문헌을 통해 접한 실향의 아픔과 실향민 음식 사이의 간극은 좁혀지지 않았다.

'실향'이라는 말 대신 '엄마에 대한 그리움'이라고 말하면 어떨까. 엄마가 보고 싶고, 엄마를 그리워하는 아이의 마음으로 바라본다면. 그림책 《엄마에게》는 실향의 아픔을 가장 작은 단위(가족)의 가장 작은 존재(아이)의 시점으로 바라봄으로써, 나로 하여금 카메라를 내려놓고 피사체의 영혼으로 거듭나길 촉구한다.

장기려 박사의 애달픈 가족사를 다룬 이 책은, 한평생 헌신으로 사람들을 보살핀 훌륭한 성자의 이야기를 잠시 뒤로하고, 그의 둘째 아들 '가용'의 입을 빌려 이야기를 들려준다. 한국전쟁이 발발하며 평양 종로에 살았던 장기려 박사의 가족은 두 갈래로 흩어진 이산가족이 되었다. 아버지와 함께 월남하게 된 가용과 달리, 그의 어머니와 다른 형제들은 난리통에 미처 버스에 오르지 못한 채 고향에 남게 되었다. 아버지와 둘이 낯선 땅에 살게 된 가용은 그날부터 마냥 엄마를 그리워한다. "1950년 12월 18일, 집을 떠나온 지 보름째 되던 날이었다. 엄마가 보고 싶었다."

어느 날 미국에 있는 친척을 통해 전해 받은 소포 안에는 엄마의 목소리로 녹음된 〈봉선화〉 노래 테이프와 봉선화 씨앗이 들어 있었다. 봄이 오자 가용은 봉선화 씨앗을 햇볕이 잘 드는 마당에 심었다. 곧 마당에 봉선화꽃이 가득 피었다. 가용은 말한다. 활짝 핀 봉선화를 보고 있으면 꼭 자기 고향 집 마당 같았다고. 봉선화 앞에 앉아 녹음된 엄마의 노래를 듣고 있으면 정말이지 엄마랑 같이 있는 것 같았다고. 엄마를 향한 가용의 그리움은 '봉선화'가 되어 수십 년의 세월을 단숨에 건너 내게로 온다. 고향을 잃었다는 뜻의 실향失鄕이라는 말이 지금껏 손가락 사이로 빠져나가기만 했던 까닭은 내가 그 아픔의 절반만을 바라보고 있었기 때문 아닐까. 우리가 고향을 잃을 때 진정으로 잃는 건 그 땅이 아니라 고향에 있는 그 사람이다. 내가 아끼는 사람. 내게 그 누구보다도 소중한 사람. 가용의 목소리를 들으며 나는 실향이 글자를 통해 알아가야 할 무엇이기 이전에, 다만 엄마를 보고 싶은 아이의 마음이라는 것을 깨닫는다. 실향은 석별惜別이라는 것을 깨닫는다.

오늘도 속초 시장 앞에는 '실향민 음식'을 맛보기 위해 사람들이 줄을 이루고 있다. 김이 모락모락 올라오는 통통한 아바이순대와 코끝을 찌르는 시큼하면서도 구수한 가자미식해 앞에서 실향의 아픔을 운운하기엔 왠지 겸연쩍다. 다만 속초 사람들이 어딘가 퉁명스러운 것 같고, 타인을 경계하는 것처럼 무뚝뚝하게 느껴질 때면 슬며시 실향이라는 말에 불을 켜두어도 좋을 것 같다. 경계심이란 고향에 두고 온 그 사람을 향한 그리움이 오랜 세월 퇴적되어 만들어진 마음의 언덕이라는 것을. 그러므로 속초는 애틋한 이별의 슬픔이 가라앉은 도시라는 것을.

《엄마에게》, 서진선, 보림

글쓰기를 위한 99개의 이야기

　'글쓰기'는 어느 서점에 가더라도 서가 한편을 가득 채우고 있을 만큼 누구에게나 긴요한 분야다. 그런 만큼 책의 제목도, 주제도, 관점도, 겉모습까지도 천차만별이다. 어떤 책은 누구나 작가가 될 수 있으니 당신도 지금 당장 글쓰기를 시작하라고 부추기는 한편, 그에 반해 작가가 된다는 것은 뼈를 깎는 수련을 거쳐야만 이룰 수 있는 아주 좁고 외로운 길이라고 경고하는 책도 있다. 어떤 책은 글쓰기에도 방법론이 있으니 자신이 귀뜸해주는 규칙들을 따라 해보라며 꽃길을 향해 손짓하기도 하지만, 또 다른 책은 한 사람의 글쓰기라는 것은 오로지 자신의 경험과 세상을 바라보는 눈을 통해서만 창조될 수 있는 유일무이한 것이며, 따라서 거기에 일반적인 방법론이란 있을 수 없다고 말한다.

　무엇이 맞고 틀리건 간에 이런 '글쓰기론'의 천태만상이 그저 책의 다양성만으로 끝나진 않는다. 세세한 인기의 높낮이는 있더라도, 실제 손님들이 구입하는 책 또한 소위 몇 권의 베스트셀러만으로 여과되진 않는다. 그만큼 각자 '글쓰기'라는 역량이 필요한 상황이 다르기 때문일 것이다. 매혹적인 글쓰기를 통해 매출을 높이고, 온·오프라인 공간에 사람들을 불러 모으기 위해 글을 써야 하는 사람. 맞춤법과 문장 구성의 기초를 다지고 싶은 사람. 작가들의 작업 방식을 어깨너머로 배우거나 작가의 조언으로부터 지혜를 구하고 싶은 사람. 이따금 "글쓰기 책은 어떤 게 좋아요?"라고 묻는 손님에게 "혹시 글쓰기가 왜(어떤 상황에서) 필요하세요?"라고 되물을 수밖에 없는 까닭도 그래서다. 그마저도 내가 추천한 책이 손님의 구매로 이어진 적은 손에 꼽을 정도로 적지만 말이다.

누군가 한 권의 책에서 가장 중요한 것이 그 안에 담긴 이야기(줄거리)라고 주장한다면, 레몽 크노의 《문체 연습》은 세상에 존재해선 안 될 책이다. 중절모를 쓴 젊은 남자가 만원버스에 올라타서 다른 승객에게 자기 발을 밟았다고 시비를 걸더니, 몇 시간 후 광장 앞에서 만난 친구와 옷 단추를 바꾸는 게 좋겠다는 시시껄렁한 대화를 나누는 두 장면으로 이루어진 줄거리가 전부니까. 정작 문제가 되는 것은 줄거리를 전개하는 방식이다. 작가는 너무나도 사소해서 보잘것없기까지 한 이야기를 무려 99개의 각기 다른 문체로 서술한다. 그 문체엔 우리가 흔히 '문체' 하면 떠올릴 수 있는 '과거', '현재' 같은 시제의 변환도 있고, '당사자의 시선으로', '객관적 이야기' 같은 인칭의 변화, '약기略記', '희곡', '자유시' 같은 형식상의 변주도 있다. 그러나 이런 변주들만으로 99개의 피라미드를 쌓을 수 있을 리 만무하다. 글쓰기가 서투른 매우 소심한 화자를 가정하고 그가 관찰한 버스와 광장의 이야기를 들려주는 〈서툴러서 어쩌죠〉, 버스에서부터 광장에 이르기까지 오직 몸에 닿는 감촉만으로 이야기를 전개하는 〈더듬더듬〉, 이야기의 요소들을 수학의 집합 개념을 이용해 서술하는 〈집합론〉처럼, 어지간해선 상상조차 하기 힘든, 지능적이고도 괴팍하리만큼 난해한 방식을 총동원하여 기어코 99라는 숫자를 채운다.

대학 시절 들었던 소설 창작 수업에서, 한번은 교수님이 '안다는 게 무엇인지'에 대해 모두에게 물었다. 인물과 장소 묘사에 관한 수업이었다. 교수님은 먼저 모든 학생이 매일 교정校庭을 오가며 스쳐 지나갔을, 학교를 상징하는 동상銅像이 있는 장소에 대해 물었다. 모두가 거길 알고 있었으므로 모른다고 대답한 학생은 없었다. 몇몇 학생에게 그 장소를 묘사해보라고 하자, 단 몇 마디만으로 싱겁게 이야기가 끝나버렸다. 곧이어 교수님은 예의 그 학생들에게 자기 방을 떠올려보라고 했다. 방에 대해 떠올린 풍경을 문장으로 상세히 옮겨보라고 했다. 나도 해봤다. 경첩이 헐거워진 장롱의 문짝, 먼지가 새카맣게 쌓인 창틀의 구석, 전기스탠드에 들어가는 전구의 크기와 밝기, 심지어 언젠가 먹으려고 냉동해두었다가 깜빡 잊고 만 지난 추석의 송편까지 떠올랐다. 할 말이 실로 무궁무진해서 한 시간은 족히 떠들 수 있을 것 같았다.

한 남자가 버스에 올라타서 누군가와 옥신각신하다가, 잠시 후 광장에서 친구를 만나 시답지 않은 대화를 나누는 두 개의 신scene. 모두가 짤막히 요약하고 말아버릴 이야기이자 사실상 주목할 가치가 없는 그런 광경을 두고, 99개의 평행하는 묘기를 보여주는 책. 레몽 크노의 《문체 연습》을 읽으며, 소설 창작 수업 시간에 교수님이 던졌던 저 질문이 다시금 떠올랐다. '안다는 건 무엇일까?' 무언가를 안다는 것은 그 대상에 대해 99개 정도는 이야기할 줄 아는 것이고, 누군가를 안다고 하려면 그 사람에 대해 너끈히 한 권의 책을 쓸 수 있는 것 아니겠냐고.

　온라인 서점에서 《문체 연습》을 검색해보면, 하나같이 이 책을 '소설'로 분류하고 있다. 줄거리 자체는 산문체를 바탕으로 한 허구의 이야기이니 완전히 잘못된 분류라고 할 순 없을 것이다. 그러나 역자가 해제에서 밝히듯 문학적이지도 않고 서스펜스도 유머도 삶의 지혜도 없는, 시도 에세이도 연설도 아닌 이 책을, 혹 '글쓰기'에 관한 책이라고 여긴다면 너무 납작한 생각인가. 소심한 나는 98쪽의 더듬거리는 화자처럼, 책을 글쓰기 서가에 한 권, 소설 서가에 한 권 꽂아놓는다. 마침 제목도 '문체 연습'이니까 그래도 괜찮지 않을까.

《문체 연습》, 레몽 크노, 문학동네

읽고 싶어도 읽을 수 없는

어떤 말은 그 뜻을 이해하기 위해서 높은 수준의 지능이나 예리한 통찰력이 아니라, 단지 시간만이 필요할 때가 있다. 자세를 바로 취하는 게 중요하다며 허리를 펴고 앉으라는 할아버지의 잔소리를 당신이 살아 계셨을 땐 귀담아 들어본 적 없다. 서른두 살이 지났을 무렵에야, 내 자세가 내 얼굴의 표정, 몸의 생김새, 나아가 내 삶의 양태까지도 쥐락펴락하고 있다는 것을 깨달았다. 뒤늦게 자세를 바로잡아보려 안간힘을 쓰던 와중에 할아버지의 음성이 귓가에 맴돌면서, 비로소 그 말의 속살에 닿게 되었다. 간단한 말인데도 이해하기까지 많은 시간이 걸린 셈이다.

어떤 말이 그렇듯 어떤 책도 그 안에 담긴 의미를 이해하는 데에 적정한 시간을 요구한다. 가오싱젠의 《창작에 대하여》를 처음 읽었을 때 나는 스물아홉이었다. 한 단골손님의 주문 목록으로부터 이 책을 알게 되었는데, 작가 이름의 생소함에도 불구하고, 손님의 독서 취향에 대한 신뢰 반, 책의 만듦새에 대한 도취 반으로 얼마간 들뜬 채로 펼쳐 들었다(상단에 원제목 '論創作'과 한국어 제목이 세로쓰기로 정렬되어 있고, 하단에 작가가 그린 수묵화 〈세계의 끝 La fin du monde〉이 실려 있는 표지는, 그야말로 고요하게 자신의 기품을 발산하고 있었다). 부푼 기대와는 달리 예술가의 창작미학에 대해 느린 호흡으로 무려 400여 쪽에 걸쳐 이야기하는 문장들을 읽다 보니 금세 눈꺼풀이 그 무게를 견디지 못해 주저앉아버렸다. 말하자면 나는 준비가 되어 있지 않았던 것이다.

그 후로 시간이 흘렀다. 많은 사람들이 서점을 다녀갔고, 얼굴조차 모르는 여러 사람들과 업무상의 연락을 주고받았으며, 적지 않은 책들이 내 손을 거쳐 서가에 꽂히거나 누군가에게로 전해졌다. 시간은 냇물처럼 한쪽으로 계속 흘러가는 것 같았지만, 책상 위 수북이 쌓인 거래명세서처럼 흘러간 시간들은 어느새, 어딘가에 계속 쌓이고 있었다. 혹여나 세상에 대해 조금은 알게 되었다고 말할 수도 있는 그 시간 동안, 알게 된 건 다만 나 자신에 대해서였으리라. 나는 누구이며, 무엇을 할 수 있는 사람인지. 달리 말해서 나는 누가 아니며, 무엇을 할 수 없는 사람인지.

방 한편에 꽂아두었던 《창작에 대하여》를 다시 꺼내든 건 서른네 살 겨울이었다. 책을 덮은 이후로 5년이라는 시간이 쌓인 뒤였다. 복잡한 사유와 심도를 가늠하기 어려운 질문을 가득 품은 이 책을, 펼치는 족족 졸음이 쏟아지기만 했던 이 책을, 터무니없게도 나는 퍽 명쾌하게 읽었다. 눈꺼풀을 곤두세운 낱말은 '미학'도 '심미'도 '문학'도 '예술'도 아닌, '고독'과 '자유'였다. 가오싱젠은 이 책의 방대한 분량에 걸쳐서, 오로지 진실에 복무하는 예술가의 태도, 정치적 의도나 사회적 관심으로부터 독립되어야 하는 예술가의 창작미학에 대해 역설한다. 예술가가 자신의 창작 행위에 몰두하려면 욕심과 유혹 같은 세속적 가치로부터 독립되어야 한다. 그 독립을 '고독'이라고 일컫는다. 하나 고독 속에 침잠하다 보면 스스로의 잣대만으로 타인을 몰아세우고 세상을 배척하는 오만에 빠지기 쉽다. 예술가는 고독 속에서도 자신의 내면을, 그를 둘러싼 세계와 그 세계 속의 자신을 차갑게 관조할 수 있는 태도를 지녀야 한다. 관조의 다른 이름이 바로 '자유'다.

'고독'과 '자유'를 모르던 시절의 나는 내가 무엇을 원하는지, 무엇에 흔들리는지 고요한 마음으로 바라볼 수 없었다. 한번은 아무런 예고도 없이 서점에 와서 지금 당장 인터뷰를 해도 되냐고 묻는 분이 있었다. 나 혼자 서점을 지키고 있었고 그리 한가한 상황이 아니었는데도 제안을 거절하지 못했다. 한 사람에게라도 더 우리 서점을 알려야 한다는 절실함이 나를 그이 앞에 떠밀었다고 생각했다. 급히 마감해야 했던 일들도 미뤄진 채, 가게 보랴 답변하랴 정신없는 상황 속에 겨우 인터뷰가 치러졌다. 후에 기사로 접한 내 인터뷰는 단 두 줄로 요약되어 있었다. 참담한 기분으로 뒤늦게 그날의 일을 곱씹어보던 나는, 정작 문제 삼아야 하는 건 그 제안의 무례함이 아니라, 그것조차 거절하고 싶지 않았던 나의 욕심이라는 사실을 마주했던 것이다.

《논어》에 등장하는 그 유명한 말처럼, 30대는 '마음이 확고하게 도덕 위에 서서 움직이지 않는다'는 이립而立의 나이일 텐데, 나는 여전히 이리저리 부대끼는 마음을 붙잡아보려, 자유를 얻기 위해 평생을 치열하게 살아온 한 예술가의 창작론까지 들먹이며 마음을 다스려본다. 효과는 있다. 내 처지를 직시하고 꼴을 알아 무리한 일들을 벌이지 않게 되었다는 것. 내가 할 수 없는 일, 하고 싶지 않은 일, 그러니까 거절해야 하는 일에는 상대의 마음까지 고려해 예의를 갖춰 거절하는 것까진 실천할 수 있게

되었으니까.

　나를 관조하기 위해 필요한 게 시간이었듯,《창작에 대하여》
를 이해하기까지 내게 필요한 것 또한 시간이었다. 여전히 서투
른 일들도 시간이 흐르고 세월이 쌓이면 익숙해지는 날이 올까.
흔들리지 않는 시기, 불혹不惑의 그날이 내게도 올까. 가끔씩 때
아닌 바람이 불어와 분수에 걸맞지 않은 욕심에 마음이 흔들릴
때면 나는 가오싱젠의 말들을 떠올리며 속으로 말한다. '나는 다
만 내가 되어야 한다.' 한마디 더 덧붙이는 것도 잊지 않는다. '그
래봤자 나는 나일 뿐이다.'

《창작에 대하여》, 가오싱젠, 돌베개

맹지와 고향역

　어떤 책을 좋아하느냐는 질문은 많이 받지만, 책을 왜 읽느냐는 질문은 단 한 번도 받은 적이 없다. 서점 주인에게 던지는 질문으로 삼기엔 다소 실례이기 때문이기도 하겠으나, 달리 생각해보면 그런 의문을 품는 일 자체가 새삼스러운 까닭이기도 할 테다. 메타버스를 통해 소방 훈련을 하고 전시를 개최하는 세상에 책이라니! 세상과 어깨동무를 하고 바라보면, 책을 읽는다는 건 향수병에 사로잡힌 사람의 구식 취미 같다. 그랜트 스나이더의 《책 좀 빌려줄래?》는 이런 세태를 풍자하는 방식으로 책 읽는 사람의 부류를 나열한다. 부랑자, 할 일 없는 재벌 2세, 골프 안 치는 은퇴자, 수감자, 수도사, 문학 평론가….

　우연히 들어간 서점에 '독서'(또는 책 읽기)라고 분류된 서가가 있다면 한번쯤 눈여겨보자. 이토록 책이 외면받는 시대에 이렇게나 많은 '책에 관한 책'들이 있다는 사실에 놀랄지도 모른다. 눈으로 제목을 좇는 것만으로도 세상에 불복하고 항변하는 독서가의 결의決意가 느껴진다. 예컨대 매리언 울프의 《다시, 책으로》는 제목이 암시하는 것처럼 디지털 시대에 왜 굳이 '다시' 책을 읽어야 하는지 뇌과학을 동원해 역설한다. 읽기 능력은 인류의 가장 기적적인 발명품이며, 그중에서도 비판적 사고와 반성, 공감과 이해를 끌어내는 '깊이 읽기'야말로 가장 인간적인 능력이라는 것. 매리언 울프는 그 예로 헤밍웨이의 한 줄짜리 초단편 소설을 제시한다. 여섯 개 단어만으로 이루어진 수수께끼 같은 한 줄은 읽는 사람에게 적극적인 상상과 해석을 요구함으로써 슬픔과 죄의식 같은 감정의 가장 깊은 지층을 경험하게 해준다.

옆으로 눈을 돌리면 책을 둘러싼 낱말들을 사전식으로 정렬한 뒤 하나씩 해설을 붙인 표정훈의 《책의 사전》이 꽂혀 있다. '책값'이라는 챕터가 눈길을 끈다. 고대와 중세 유럽에서는 성서 한 권을 만들려면 양 200마리 이상의 가죽이 필요했다고 한다. 한 수도사가 미사 전례서 한 권을 손에 넣기 위해 포도밭이 잘 가꿔진 산 하나와 교환했다는 일화가 덤덤한 말투로 소개되어 있다. 재화의 가치란 그 시대의 기술과 수요에 따라 유동적일 테지만, 무려 천 년도 더 된 책이라는 물건의 값이 현재에 이르러 이토록 낮아졌다는 사실을 헤아려보면 왠지 모르게 횡재했다는 기분마저 든다.

　어느 여름날 오후의 일이었다. 머리엔 중절모, 한 손엔 부채를 든 어르신이 서점으로 들어왔다. 입구에서 잠시 안을 두리번거리더니 내게 국어사전이 어디 있냐고 물었다. 일반적으로 누군가 사전을 구입할 때 묻는 몇 가지 항목이 떠올랐다. 첫째는 무게. 가지고 다녀야 할 수도 있기 때문이다. 둘째는 글자 크기. 주로 어르신이 사전을 찾는 경우, 글자 크기를 우선순위에 두고 사전을 고르곤 한다. 셋째는 장정裝幀. 내지에 단어의 이해를 돕는 일러스트가 있는지, 어떤 종이를 사용했는지, 겉장이 가죽인지 비닐인지 등의 장정으로 인해 가격 차이가 벌어진다. 내 나름대로 축적한 이런 노하우로 말미암아, 꽤 자신감 있는 말투로 글자 크기와 장정에 대한 설명을 늘어놓으며 사전 몇 권을 추천해드렸다. 그런데 전혀 예상치 못한 질문이 돌아왔다.

　"자네, '맹지'라는 말이 여기 들어 있는지 좀 찾아봐."

　'맹지?' 의아함을 품고 얇은 종이를 넘겼는데 '맹지'가 있긴 했다. '맹지猛志: 굳게 먹은 뜻.' 손가락으로 글자를 가리키며 어르신에게 보여드렸더니 그 맹지가 아니라고 했다.

"이 '맹지猛志'가 아니고, '맹지盲地'! 도로하고 맞닿아 있질 않아서 죽어 있는 토지를 말하는 거야!"

뜻밖의 한자 수업 덕분에 몰랐던 낱말을 알게 되어 수지맞았다는 생각이 드는 한편, 왜 이미 알고 있는 단어를 찾아보라고 하셨을지 궁금해졌다. 그 까닭을 조심스레 묻자 어르신은 버럭 나를 꾸짖었다.

"맹지盲地도 없는 사전을 사전이라고 할 수 있어? 그 정도는 있어야 사전이지!"

몇 권의 사전을 더 찾아봐도 맹지盲地는 보이질 않았고, 못마땅한 기색을 억누른 채 어르신은 다른 사전 중 하나로 타협했다.

또 다른 일도 있었다. 옛날 노래 모음집을 찾는 중년의 남자 손님이었다. 가요 책 몇 권을 꺼내 내용을 보여드렸는데, 그는 곤란한 듯 인중을 긁적이며 말했다.

"나훈아의 〈고향역〉 있는 책으로 좀 골라줘 봐요."

노래 〈고향역〉을 몰랐던 나는 퍽 난처해지고 말았다. '이 많은 노래 중에 어떻게 찾지?' 다짜고짜 맨 앞장의 색인을 들춰보기 시작했다. 첫 번째 책엔 없었다. 두 번째 책에도 없었다. '그냥 없다고 말씀드리는 게 피차 나으려나.' 생각이 들던 찰나, 별안간 감미로운 곡조가 들려왔다. 손님이 나를 향해 노래를 부르기 시작했던 것이다.

"코스모-스 피어-있는 정든 고향-역. 이 노래 몰라요?"

모른다고 대답하자, 그는 이어지는 가사를 멜로디 없이 빠르게 읊기 시작했다. 가사를 듣는다고 몰랐던 노래를 알게 될 리 만무했지만 느닷없이 다른 생각이 스쳤다. 혹시 〈고향역〉의 가사를 다 외우고 계신 거냐고 묻자, 그는 무슨 그런 얼토당토않은 질문을 하냐는 눈빛으로 이내 고개를 끄덕였다.

"그럼 다 외우고 계신데, 혹시 왜 〈고향역〉이 있는 책을 찾으시는 거예요?"

잠시 침묵이 흘렀다. 그는 천진난만한 웃음을 지으며 대답했다.

"그러게 말이에요. 그냥 갖고 싶어서 그러지요."

몇 권을 더 뒤적인 뒤에야 우린 《가요 반세기》라는 방대한 책의 한 귀퉁이에 적힌 〈고향역〉을 찾는 환희를 맛볼 수 있었다.

사전에 실리지 않은 단어 '맹지'와 두꺼운 노래책 한편에 수록된 '고향역'. 두 단어는 왜 책을 읽느냐는 거창한 질문이 아닌 살

갖에 닿는 구체로서 책의 쓸모를 전해준다. 수박을 고를 때 색깔과 줄무늬를 살펴보고, 손으로 톡톡 두드려 소리에 귀를 기울이듯, 책도 그 만듦새를 가늠하기 위해 사람들은 각자의 가치 기준을 적용해 스스로를 위한 최상의 물건을 고른다. 그렇게 공들여 책을 고르는 까닭 중 하나는 바로 그 안에 담긴 아름다움을 소유하고 싶기 때문일 것이다. 책의 내용을 알고, 저자의 주장과 생각을 알고, 이야기의 클라이맥스와 반전을 알아도, 종이에 새겨진 그 글자만이 전해주는 감동을 오래도록 품고 싶어서 누군가는 오늘도 책을 고른다.

설악의 시인

　겨울이 가까워 온 탓인지 초저녁인데도 어둑하다. 한 남자가 어둠을 열어젖히듯 서점으로 들어온다. 사흘 전에도 같은 검은 색 점퍼와 검은색 가방을 메고 왔던 것 같다. 아니, 지난주였던 가. 걸음걸이, 표정, 방문 시각, 이쪽을 향해 건네는 짧은 인사까지, 그의 모든 것이 요일의 구분을 무색하게 만든다. 나는 그의 발걸음이 향할 곳을 예측할 수 있다. 인사를 건넨 뒤 가장 먼저 문예지가 있는 서가로 갈 것이다. 오늘은 얼마 전 새로 들어온 〈현대문학〉이 그의 약속 상대인가 보다. 그는 마치 교정을 보는 사람처럼 한 글자 한 글자 심혈을 기울여 읽기 시작한다. 허리를 숙여 서가에 팔꿈치를 괴기도 하고, 등을 벽에 기댄 채 몰두하기도 한다. 사람들은 그의 존재를 의식하지 못하는 것 같다. 몇몇 손님들이 들어왔다 나가고, 책을 물어보거나 계산하고, 화물 업체 사장님이 이번 달 고지서를 전해주고 가는 동안, 그에게 이렇다 할 눈길을 보내는 이는 아무도 없다. 한 시간 쯤 지났을까. 그는 책을 내려놓고, 책장이 덮이듯 반듯이 인사를 건네고 밖으로 나간다. 아까보다 더 이슥한 어둠이 문 밖에 있다.

검은 가방을 메고 어둠 속으로 걸어간 사내의 이름은 '이성선'이다. 1982년은 내가 태어나기 전이었고, 아버지가 할아버지의 뒤를 이어 서점 운영을 맡은 지 5년 남짓 되었을 무렵이었다. 또한 그해는 이성선 시인이 속초에서 시를 쓰며 학교에서 아이들을 가르치던 시기이기도 했다. 지금은 고인이 된 이성선 시인은 내 아버지에게 있어서 '설악의 시인'보다도 서점의 '단골손님'으로서 각별하다고 할 수 있겠다. 하루가 멀다 하고 저녁 어스름이 깔리는 퇴근 시간 즈음해서, 한쪽 어깨에 늘 똑같은 가방을 메고 들어오던 사람. 수줍게 인사를 건넨 뒤 한참 동안 책을 읽다 가곤 했다던 호리호리한 사람. 말하자면 그는 한자리에 오랜 시간 가만히 서서 문예지에 새로 발표되는 작품들을 꼼꼼히 챙겨 읽던 모습이 인상적인 손님이었다.

단골손님에만 머문 게 아니라 아예 일주일 동안 서점 일을 도운 적도 있었다. 1985년에 아버지는 오랜 세월 지내오던 동아서점의 낡은 목조 건물을 철거하고 철근 콘크리트 건물을 신축할 계획을 세웠다. 구옥의 철거를 앞두고 머지않아 헐릴 창고의 책들을 정리해야 했는데, 그때 아버지와 함께 창고를 정리한 사람 역시 이성선 시인이었다. 여느 때처럼 서점에 온 시인과 짧은 담소를 나누던 도중 2층 창고가 화제에 올랐다. 저마다의 이유로 갈 곳 잃은 책들이 족히 30년 쌓여왔다는 얘길 듣자마자 그의 눈빛이 반짝였다. 그는 창고를 함께 정리하는 대가로 읽고 싶은 책들을 가져가겠다고 했다. 그렇게 아버지와 시인은 장장 일주일에 걸쳐 함께 먼지를 뒤집어썼다. 창고 정리가 끝나고 준비해둔 리어카에 책이 다 실리질 않아, 리어카를 끌고 두 번이나 집까지 왕복하던 그의 모습이 아버지에겐 지금도 선연하다.

우리 서점 한 켠에도 '속초의 작가들' 책을 모아둔 코너가 있긴 했지만 그 책들을 향한 순수한 호기심이나 애착을 품어본 적은 없었다. 순전히 데이터로서의 작품과 저자명을 수집했을 따름이었는데, 그중 한 시인이 우리 서점의 (조금은 특별한) 단골손님이었다는 이야기는 무심코 입에 올리던 '지역 작가'라는 말을 다시 생각해보게끔 만들었다. 어느 지역의 작가라는 말이 '출신

出身'의 의미가 아니라, 그 지역에 뿌리를 내리고 살아가는 '토인土
人'이라는 의미가 아닐까 하고. 작가이기 이전에 그 지역 서점의
단골손님일 테고, 그 지역 학교의 선생님일 것이며, 그 지역 인
쇄소에 문지방이 닳도록 드나드는 사람이라는 뜻에서. 그리하
여 그 고장에서 살아가는 이야기가 굳이 강조하거나 뽐낼 것도
없이 작품 곳곳에 자연스레 돋아난다는 의미에서.

  생각하건대 그건 서점에도 적용되는 말이었다. '지역 작가'가
그런 뜻이라면, '지역 서점'도 그렇게 정의 내려져야 마땅할 테
니까. 내가 우리 서점을 '속초의 오래된 서점'이라고 말할 수 있
으려면, 우리 서점의 단골손님이었던 작가부터 제대로 알아야
하는 것 아닌가 말이다. '속초의 작가들'이라고 이름 붙여 책을
모아놓고 지역 서점인 양 흉내내보기도 했고, 너스레를 떨며 손
님들에게 소개하거나 팔기도 했지만, 정작 그의 시집을 제대로
읽어본 적 없었다. 서점에 들여놓은 책들과 중고 서적 사이트를
전전하며 구한 절판된 책들까지 모조리 쌓아두고 처음으로 시
집을 펼쳐보았다.

밤에

마당에 나가보니

울타리 바로 너머

설악산 지붕과 지붕 위에

산구름꽃이 가득 피었다.

<p40, 〈산구름꽃〉《절정의 노래》>

　이성선 시인을 '설악의 시인'이라고 부르기도 한다. 설악산과 속초의 이미지가 노랫말 속에 촘촘히 심겨 있기 때문이다. 실제 지명이 언급되지 않더라도, 쉬이 설악산으로 추정할 수 있는 산과 숲의 이미지가 작품 속에 끊임없이 등장하기도 한다. 하나 고작 그런 수사修辭적인 요인으로부터 '설악의 시인'이라는 호칭이 나올 순 없을 테다. 그의 시는 모두 자전적 이야기처럼, 일종의 아포리즘처럼 들린다. 그의 시는 그 흔한 언어유희 한번 없이, 구름이 흐르고 나뭇잎이 떨어지듯 평이한 말들의 읊조림으로 이루어져 있다. 이런 특징들로부터 그가 시를 축조하는 방식, 나아가 시의 재료를 얻는 방식(삶 자체)에서까지 자연과 합일을 이루려 했다고 해석할 수 있을까. 그는 설악이라는 대자연

의 가장 섬세한 관찰자였고, 자신이 그 자연으로부터 깨우치고 영감을 받는 제자였다. 자연을 빌려와 시어의 빈칸을 메우는 게 아니라, 바로 그 자연처럼 살고 자연처럼 쓰고자 했던 삶이 몸소 그가 '설악의 시인'임을 증명한다. 작고하기 두 해 전에 펴낸 시집《산시山詩》의 서문에는 시인의 결의가 산문의 형태로 적혀 있다.

> 내가 자란 집은 한지 살문이었다. 이곳에는 언제나 나무와 산그림자가 걸려 있었다. 달빛에 은은히 젖어서 혹은 오후의 적요한 햇살에 비쳐서. 그때 그 위로 새 날개 그림자도 지나갔다. 벌레 소리도 걸렸다. 그런데 이 그림자들은 혼자 한지 문에 은은히 비쳐 떨다 갈 뿐 내 가슴에 향기를 뿌릴 뿐 우리 집 아무것도 건드리지 않았다.
> ─p4, 〈서문〉《산시》

아무것도 건드리지 않고자 했던 시인의 비석 같은 말들 위에 손을 얹어본다. "늘 어깨에 까만 가방을 메고 왔어. 옷차림이 그야말로 수수했다." 그를 추억하는 아버지의 이야기를 곰곰이 더듬으며, 만나본 적 없는 '설악의 시인'을 눈앞에 그려본다. 내가 모르던 시간 속에서도 그가 속초 시외버스 터미널 옆 방송국 가는 골목으로 걸어 다녔다는 사실이, 그가 동아서점 어느 구석에서 〈현대문학〉을 읽고 있었다던 사실이 나를 전율케 한다. 어쩌면 지금 이 순간에도 서점 안쪽 어딘가, 내가 미처 알지 못한 속초의 시인이 서 있는지도 모를 일이다.

《산시山時》, 이성선, 시와
《절정의 노래》, 이성선, 창비

고독이 몸에 미치는 영향

최근 몇 년 사이 내 몸이 변화하고 있다고 느낀다. 물론 좋지 않은 방향으로 말이다. 아침 일찍 일어나는 게 힘들고, 걸핏하면 두통이 찾아와 못살게 군다. 책이 가득 담긴 상자를 나르는 일이 3년 전에 비해 눈에 띄게 버거워졌다. 또한 그런 날엔 잠자리에 누우면 어김없이 허리가 저릿하다. 체중도 해마다 줄고 있는데, 그 감량이 고스란히 근육의 감소를 뜻해 면역력이 눈에 띄게 떨어진 걸 절감한다. 오랜만에 친구를 만나면 그들의 시선은 가장 먼저 내 머리칼을 향한다. "흰머리가 왜 이렇게 많아졌어?" "무슨 고민이라도 있어?" "네가 나이 들었다는 생각을 하니 왠지 마음이 찡하다."(대체로 이런 말들은 내가 그들로부터 느슨하게나마 보호받고 있으며, 그들과 한 관계망으로 이어져 있다는 안도감을 전해준다.)

가족은 나의 건강을 염려한다. 아내는 운동량이 부족한 내게

틈 날 때마다 스트레칭을 가르쳐주기도 하고, 늘 먹던 똑같은 메뉴만을 반복하는 내게 각종 제철 식재료를 바탕으로 창의성과 기술이 결합된 군침 도는 음식을 만들어주기도 한다. 어머니는 물을 많이 마시는 게 좋다며 내 앞에 수시로 물을 가져다주신다. 견과류와 과일과 채소를 사다주시거나, 거의 매일 저녁 여덟 시쯤 내게 전화하셔서 건강에 유익한 최신 정보들을 생활에 접목하길 당부하신다. 아버지는 아침저녁엔 서점에서 일하고 밤엔 원고 작업에 몰두하는 자식을 안쓰러워하시며, 본인의 체력이 닿는 데까지 서점 일을 도와주신다. 그뿐일까. 올해로 여섯 살인 내 딸은 생각에 잠기면 손톱을 물어뜯는 버릇을 가진 내게 "아빠! 손 뜯으면 안 돼" 하며 곧잘 일깨워주곤 한다! 내가 이따금씩 늦잠을 잘 수 있고, 일과 도중에 홀로 원고 마감에 집중할 수 있고, 내 요리 실력과 입맛의 수준을 넘어선 음식을 맛볼 수 있고, 아직은 살 만한 낯빛으로 사람들 앞에 설 수 있는 까닭은 바로 내 건강을 지탱하는 가족들의 염려와 헌신 덕분이다. 내 몸은 순전히 가족들에게 기대고 있다.

나는 왜 내 건강의 문제를 미래의 일로 유보하며 가족에게 의탁한 채 살고 있을까? 어째서 내가 마땅히 책임져야 할 스스로의 몸뚱이를 두고 가족을 불안해하도록 만들고 있을까? 내 몸은 최근 몇 년 동안 분명한 적신호들을 보내오고 있지만 내 전두엽은 그러한 정보를 받아들이길 거부하는 듯하다. 가족이 나를 염려하거나 타이를 때('커피를 줄이고 물을 많이 마실 것', '아침에 일어나면 잠깐이라도 스트레칭을 할 것'), 나는 일관되게 그 조언들로부터 도피하는 반응을 보여왔다. 외면의 끝에 늘 반복되는 나의 한 마디는 현대인의 정형화된 바로 그 불평이었다. "시간이 없어서요." 그러나 (정도의 차이는 있더라도) 시간이 부족한 건 대부분의 30~40대가 겪는 문제일 터. 게다가 식습관이나 앉는 자세 같은 몇몇 문제들은 시간이라기보다는 습관의 영역이다. 나를 대신해 걱정해주는 누군가가 있기 때문이라고 설명하기엔 그다지 태평한 위인도 되지 못한다. 건강을 외면하고 그로부터 도피하는 나의 태도는 어디에서 기인한 것일까.

마르타 자라스카의 《건강하게 나이 든다는 것》은 이런 내 문제의 동굴로 들어가는 길을 밝혀준다. 이 책은 '건강하게 나이드는 일'(건강하게 장수하는 일)의 가장 근본적인 요인으로 '마음'을 꼽는다. 좋은 음식을 먹고 규칙적인 운동을 하는 것도 물론 중요하지만, (그러는 사이 우리가 간과하는 것과 달리) '건강한 마음'

을 갖는 게 치명적인 질병을 예방하고 장수하는 데 오히려 더 큰 도움이 될 수 있다는 것이다. 이것은 흔히 회자되듯 건강한 영혼이 건강한 몸을 만든다는, 맹목적인 당위에 기초한 두루뭉술한 주장이 아니다. 저자는 과학 저널리스트에 명실상부하게 마음과 몸이 네 가지 주요 경로(교감신경부신수질 축, 시상하부-뇌하수체-부신 축, 면역 체계, 그리고 장내 미생물)로 연결되어 있음을 역설한다. 마음은 이 네 가지 경로를 통해 옥시토신, 코르티솔 같은 각종 호르몬을 몸에 내보내는 한편, 장내에 살고 있는 몇 조 마리 세균들의 성격을 뒤바꿔놓음으로써 신체의 안녕과 고통을 쥐락펴락하기도 한다.

'시간이 없다'는 나의 고루한 불평으로 다시 돌아오자. 아침부터 밤까지 서점에서 일하고(서점은 다른 자영업에 비해 노동 강도가 낮은 대신 영업시간이 다소 긴 편이다), 이렇다 할 쉬는 시간이 없고(서점엔 브레이크타임이 없다), 책이 다른 상품이나 대중매체에 비해 압도적으로 많이 생산된다는 건 물론 자명한 사실이다. 그렇다. 시간이 부족한 건 맞다. 하지만 앞서 말했듯 내 건강의 문제들이 꼭 넉넉한 시간을 요구하는 건 아니다. 시간이 없다는 내 대답은 마음의 다른 골목을 가리킨다. 시간 부족이라는 팻말을 걸어둔 채 내가 외치고 있는 건 노동 시간에 담보로 잡힌 신체의 안녕이 아니라, 바로 내가 시간 자체로부터 소외되어 있다는 감정이다. 아내와 아이와 이렇다 할 여행 한번 가보지 못했다는 불만, 가족과 함께하는 느긋한 저녁 식사에 대한 결핍, 늘 책 더미에 둘러싸여 있지만 정작 읽고 싶은 책은 미뤄지기만 하는 현실. 책의 저자는 그런 감정들을 일컬어 '고독'이라고 부른다.

고독은 몸에 영향을 미친다. 그것도 매우 부정적인 방식으로. 고독감은 수면 장애와 우울증을 유발하고, 만성 스트레스를 활성화시켜 체내 염증을 일으키고 암의 원인이 된다. 책에 등장하는 '고독 박사' 신경과학자 존 카치오포에 따르면 고독감은 인간이 진화하는 과정에서 생겨난 지극히 자연스러운 상태다. 먼 옛날 위협과 위험으로부터 도망치다 고립되면 우리는 '고독 모드'를 발동시켜 각종 상처에 들끓는 세균을 물리치기 위한 항균 반응을 촉진했던 것이다. 따라서 만성적인 고독에 시달리는 현대인을 위해 고독 박사가 제시하는 해법의 첫 단추는 고독이 인간의 생존 과정에서 꼭 필요했던 자연스러운 감정임을 인지하는 것이다. 고독은 허기나 갈증처럼, 우리 마음이 어떤 결속을 필요로 하고 있다는 신호에 다름 아니다. 좋아하는 사람과의 느긋한 저녁 식사를. 그 사람을 꼭 안았을 때 느껴지는 온기와, 나를 깊이 이해하고 있는 눈빛을 바라보며 나누는 대화를.

건강 문제를 자기 것이 아닌 양 유예하는 동안 내가 진정 외면했던 건 나를 걱정하고 보살펴주고자 하는 가족의 마음 아니었을까. 귓가에 맴도는 그 문장들을 가만히 반추해본다. '아침에 일어나면 잠깐이라도 스트레칭을 하렴.' '굴이 피로 회복에 좋다고 해서 오는 길에 사왔어요.' '아빠, 손톱 뜯으면 안 돼.' 모든 문장의 발화 의도에 건강이라는 말 대신 걱정과 연민, 헌신과 사랑 같은 단어들을 올려놓는다. 나 또한 그들에게 돌려줄 수 있는 온기와 기쁨에 대해 고민한다. 이 고민들이 나를 건강하게 만들어줄 것이라는 믿음과 함께. 적어도 이 책은 내게 그렇다고 말한다.

> 자기 개선에 전념한다면, 다시 말해 한 인간으로서
> 성장하는 데 마음을 쏟는다면 젊어지는 데도 도움이
> 된다.   -p22, 〈들어가며〉

《건강하게 나이 든다는 것》, 마르타 자라스카, 어크로스

좋은 책을 고르는 법

제 기억이 맞는다면 우리는 적어도 한 번 만난 적이 있습니다. 그때 당신은 수능시험을 막 치른 뒤의 나른함이 밴 얼굴로, 같은 반 친구들, 학교 선생님들과 함께 제가 일하는 서점으로 왔습니다. 당신은 물론 손님으로 온 것이었지만 그냥 손님인 것만은 아니었습니다. 학교 선생님의 계획하에 예정된 '서점 견학'이었으니까요. 저는 속초에서 서점을 꾸려나가는 이야기를 학생들에게 들려줄 것을 부탁받았고요. 그중에 장차 서점 주인이 되고 싶은 학생이 있을 여지가 희박하다는 걸 모르지 않았기 때문에 퍽 난감했던 기분이 지금도 또렷합니다.

몇 십 분의 이야기가 끝나고 질문을 받는 차례였습니다. "어떻게 하면 좋은 책을 고를 수 있어요?" 당신은 그렇게 물었어요. 저는 그 질문을 받고 몹시 당황스러웠습니다. (자신을 대신해) 좋은 책을 골라달라든가, 누군가에게 선물할 책을 추천해달라는 부탁은 더없이 익숙한데, 좋은 책을 고르는 '방법'을 알려달라고 한 손님은 만나본 적 없었거든요. 청소년 책장 앞에 서서 한참을 고민하던 수많은 '당신들'이 떠올랐습니다. 학교에서 나눠준 권장 도서 목록 한 장을 쭈뼛하며 제게 내밀던 모습들도요. 질문을 받은 그때, 잠시 생각해보고 말씀드리겠다고 해놓고선 결국 대답해드리지 못했다는 걸 기억하시나요? 오늘 그 얘길 해보려고 합니다. 그날 미처 대답하지 못한 '좋은 책을 고르는 법'에 대해서요.

세상엔 정말 많은 책이 있습니다. 서점에 발을 디뎌보면 쉽게 알 수 있지요. 그런데 그중 무엇이 읽을 만한 책인지 분간해내기란 여간 어려운 게 아닙니다. 인터넷이라는 유혹은 이 틈을 비집고 들어옵니다. 인터넷에 책 제목만 검색해봐도 수많은 사람들이 남겨놓은 책의 한줄 평과 별점 같은 온갖 정보가 차고 넘치니까요. 얼핏 나를 대신해 좋은 책을 가려내주는 유능한 필터를 얻은 것 같기도 합니다. 서점에 방문한 적지 않은 어른들 또한 자신 앞에 놓인 책을 만져보고 들춰보는 대신, 그 책을 검색한 스마트폰 화면을 바라보는 기묘한 풍경을 하루에도 몇 번씩 마주치곤 해요.

영화평론가 정성일은 그의 책 《필사의 탐독》에서, 영화의 모든 과정에서 가장 중요한 건 '본다'라는 동사라고 말합니다. 영화를 본다는 것은 세상 모든 행위들로부터 독립된 경험, 그 순간 세상과 분리되어 오직 영화와 나 자신만 남게 되는 유일한 경험이라는 뜻이지요. 책도 이와 다르지 않다고 생각해요. 책에 대해 무슨 얘길 하든지 그 모든 말들은 결국 '읽다'라는 동사로 수렴됩니다. 모든 책은 읽는 행위에 복무하지요. 읽는 사람은 언제나 나 자신이고, 읽는 순간의 감흥은 다른 누가 대신 느껴줄 수 없는 유일무이한 것입니다. 웹에 적힌 타인의 별점에 기대지 않길 바라는 까닭은 그래서입니다. 저는 기본적으로 자신의 본능과 직관, 호기심과 유혹에 이끌려 책을 골라야 한다고 생각하거든요.

서점은 책을 분야나 장르에 따라 분류해놓습니다. 손님들이 책을 보다 편리하게 고를 수 있도록 돕기 위해서요. 그런데 정말 가끔씩은 분류가 오히려 책과의 우연한 만남을 가로막을 때도 있습니다. 그건 분류 자체가 지닌 불완전성 때문이기도 하고, 특정 분야를 바라보는 우리의 편견 때문이기도 해요. 캐런 할러의《컬러의 힘》은 누구나 재밌게 읽을 수 있는 책이지만 디자인 서적으로 분류되어 있어서 쉬 마주치기가 어렵고, 미학은 생소한 분야라서 선뜻 다가가기가 꺼려지는 것처럼 말이에요. 그런 연유로 저는 분야나 장르에 구애받지 않는 '산책형' 책 고르기를 권합니다. 뚜렷한 목적 없이 천천히 거닐다 보면 보도블록의 미세한 틈새로 뭔가를 열심히 나르는 귀여운 개미들이 눈에 보이는 것처럼, 사람들의 손길이 자주 닿는 서가와 저 멀리 구석의 책장을 산책하듯 살펴보다 보면 잘 모르던 분야에서 매혹적인 책을 만나게 되기도 하고, 스스로도 의식조차 못했던 내면의 지적 호기심을 마주하게 될지도 모릅니다.

어떤 분야의 책들에 1부터 10까지 난이도가 있다고 가정해 볼까요? 그럼 모든 분야에는 기실 1단계에 해당하는 책들이 있습니다. 종이접기 책들 중엔 손이 작고 서툰 아이들을 위한 쉬운 책이 있고, 드로잉 기법을 알려주는 책에도 입문자를 위한 기초 단계의 책이 있지요. 하물며 과학 서가에도, 역사 서가에도 그런 안내자의 역할을 맡는 책들이 있습니다. 청소년 서가에도 훌륭한 책들이 많지만, 단지 나이를 이유로 그 앞에만 머물기엔 서가 곳곳에 당신의 친구가 되어줄 책들이 많습니다. 한 가지 팁이 있어요. 만화책 서가에는 거의 모든 분야의 첫 시작을 위한 좋은 교양 만화들이 수두룩합니다. 부모님이 미간을 찌푸린다고요? 그럼 두 눈을 마주 보고 이렇게 말씀드려 보세요. "여기 좀 보세요. '사도 혼나지 않는 만화책'이라는 코너가 있다고요."

만화 《익명의 독서 중독자들》에는 '첫인상으로 책 고르기'라는 주제로 독서 중독자들끼리 의견을 주고받는 대목이 있습니다. 그중 누군가는 책날개를 펼쳐 저자 소개를 읽어보는 것만으로 족하다고 말하는가 하면, 다른 한 명은 목차를 봤는데도 전체 구성을 가늠하기 어렵다면 그 책은 자격이 부실한 거라고 말합니다. 여기에 정답이 있는 건 아니지만, 책날개를 열어 저자와 역자 소개를 유심히 살펴보고, 목차나 색인을 통해 책의 내용을 헤아려보는 건 좋은 책을 가려내는 데에 있어서 가장 일차적인 덕목일 거예요. 나아가 본문의 글자들이 어떤 형태로 배치되어 있는지, 표지가 전하려는 메시지는 무엇일지, 종이의 질감은 어떤지, 감각을 동원해 두루 세심히 살펴볼수록 좋은 책을 알아보는 자신만의 안목을 기를 수 있겠지요. 한 권의 책은 그 안에 담

---

* 동아서점 만화책 서가에는 '사도 혼나지 않는 만화책'이라는 교양 만화를 선별한 작은 코너가 있습니다.

긴 내용을 쓴 사람뿐만 아니라, 무형의 글을 책이라는 물체로 만드는 전문가들의 의지가 발현된 것이니까요.

　서점에서 일한 지난 수년 동안 잊지 못할 사연과 소중한 기억들도 있었지만, 제게 있어 가장 일상적인 보람은 어린이나 청소년 손님들이 책 고르는 일에 몰두한 모습을 마주할 때입니다. 그 모습엔 어른들에게선 좀처럼 보이지 않는 고유의 진지함과 절실함이 깃들어 있거든요. 당신은 서가 앞에 서서 한참을 망설이고, 마침내 신중하게 고른 책 한 권을 들고 제게 다가옵니다. 그럴 때면 제가 단순한 서점 주인이 아니라 마치 누군가를 책의 세계로 이끄는 안내자가 된 듯한 근사한 기분이 들어요. 이제 당신에게 고개 숙여 인사를 건넬 차례입니다.
　"책의 세계에 오신 것을 환영합니다."

《필사의 탐독》, 정성일, 바다출판사
《익명의 독서 중독자들》, 이창현 글, 유희 그림, 사계절

1 | 사람의 풍경, 서점의 초상

《마션》, 앤디 위어, 박아람 옮김, 알에이치코리아, 2021

《나는 강물처럼 말해요》, 조던 스콧 글, 시드니 스미스 그림, 김지은 옮김, 책
    읽는곰, 2021

《어린 나무의 눈을 털어주다》, 올라브 하우게, 임선기 옮김, 봄날의책, 2017

《이게 다예요》, 마르그리트 뒤라스, 고종석 옮김, 문학동네, 1996

《훔쳐가는 노래》, 진은영, 창비, 2012

《세계를 건너 너에게 갈게》, 이꽃님, 문학동네, 2018

《사진공책, 가려진 세계의 징후들》, 김창길, 들녘, 2019

《정원가의 열두 달》, 카렐 차페크, 요제프 차페크 그림, 배경린 옮김, 조혜령
    감수, 펜연필독약, 2019

《글자 풍경》, 유지원, 을유문화사, 2019

《할아버지의 코트》, 짐 아일스워스 글, 바바라 매클린톡 그림, 고양이수염
    옮김, 이효재 해설, 이마주, 2015

《큐레이션》, 마이클 바스카, 최윤영 옮김, 예문아카이브, 2016

《집을 생각한다》, 나카무라 요시후미, 정영희 옮김, 다빈치, 2008

2 | 읽는 마음

《여름 언덕에서 배운 것》, 안희연, 창비, 2020

《축복받은 집》, 줌파 라히리, 서창렬 옮김, 마음산책, 2013

《마음》, 나쓰메 소세키, 오유리 옮김, 문예출판사, 2019(에디터스 컬렉션)

《완전한 번역에서 완전한 언어로》, 정영목, 문학동네, 2018

《사람, 장소, 환대》, 김현경, 문학과지성사, 2015

《초년의 맛》, 앵무, 창비, 2017

《무정에세이》, 부희령, 사월의책, 2019

《아직 멀었다는 말》, 권여선, 문학동네, 2020

《배를 놓치고, 기차에서 내리다》, 이화열, 폴 뮤즈 사진, 현대문학, 2013

《삶과 나이》, 로마노 과르디니, 김태환 옮김, 문학과지성사, 2016

3 | 책들이여, 맡기신 분들을 찾아 가세요

《여름 별장, 그 후》, 유디트 헤르만, 박양규 옮김, 민음사, 2015

《단지 유령일 뿐》, 유디트 헤르만, 박양규 옮김, 민음사, 2015

《알리스》, 유디트 헤르만, 이용숙 옮김, 민음사, 2011

《사슴아 내 형제야》, 간자와 도시코 글, G, . D. 파블리신 그림, 이선아 옮김,
　　보림, 2010

《몸의 일기》, 다니엘 페나크, 조현실 옮김, 문학과지성사, 2015

《엄마에게》, 서진선, 보림, 2014

《문체 연습》, 레몽 크노, 조재룡 옮김, 문학동네, 2020

《창작에 대하여》, 가오싱젠, 박주은 옮김, 돌베개, 2013

《다시, 책으로》, 매리언 울프, 전병근 옮김, 어크로스, 2019

《책의 사전》, 표정훈, 유유, 2021

《산시》, 이성선, 시와, 2013

《절정의 노래》, 이성선, 창비, 1991

《건강하게 나이 든다는 것》, 마르타 자라스카, 김영선 옮김, 어크로스, 2020

《필사의 탐독》, 정성일, 바다출판사, 2010

《익명의 독서 중독자들》, 이창현 글, 유희 그림, 사계절, 2018

───── 동아서점을 다녀온 사람들에게서 들은 이야기가 있다. 그곳에 성실하고 우직하며 기품 있는 주인이 있고, 서점 또한 사람을 꼭 닮았다고. 그가 쓴 두 권의 책을 읽은 사람들에게서 들은 이야기도 있다. 단정하고 진솔한 문장들이 마음을 울린다고. 그러니 한껏 부풀어오른 기대의 잔을 꺼내 놓고 천천히 채워나가기만 하면 됐다.

책을 다 읽은 지금 나는 바다 한가운데 있다. 차고 넘친 것이 글의 아름다움인지 사람의 아름다움인지 헤아리면서. 적막한 밤의 서점에 홀로 앉아 책으로 닻을 내리고 문장의 불빛을 따라 더듬어 간 이 책을 읽다 보면 한 사람의 영혼이 지닌 고유한 무늬를 발견하게 된다. 닮고 싶고 닿고 싶은 모양을 한, 책을 둘러싼 모든 것들을 더 깊이 사랑하지 않을 수 없는.

– **무루**(작가, 《이상하고 자유로운 할머니가 되고 싶어》 저자)

우리는 책의 파도에 몸을 맡긴 채

초판 1쇄 발행 2022년 6월 10일
초판 2쇄 발행 2022년 6월 30일

지은이 | 김영건
발행인 | 김형보
편집 | 최윤경, 강태영, 이경란, 임재희, 곽성우
마케팅 | 이연실, 이다영
디자인 | 송은비
경영지원 | 최윤영

발행처 | 어크로스출판그룹(주)
출판신고 | 2018년 12월 20일 제 2018-000339호
주소 | 서울시 마포구 양화로10길 50 마이빌딩 3층
전화 | 070-5080-4037(편집) 070-8724-5877(영업) 팩스 | 02-6085-7676
e-mail | across@acrossbook.com

ISBN 979-11-6774-047-2 03810

만든 사람들
편집 | 최윤경 교정 | 오효순 디자인 | 이석운 일러스트 | 휘리